QUAND LE PASSÉ REVIENT

DANS LA MÊME SÉRIE

1. *Le pouvoir des Trois*
2. *Le baiser des ténèbres*
3. *Le sortilège écarlate*
4. *Quand le passé revient*
5. *Rituel vaudou*
6. *Menaces de mort*
7. *Le violon ensorcelé*
8. *Le secret des druides*
9. *La fiancée de Nikos* (juin 2002)

Charmed™

QUAND LE PASSÉ REVIENT

Un roman inédit de Rosalind Noonan
d'après la célèbre série télévisée « Charmed »
créée par Constance M. Burge

FLEUVE NOIR

Titre original :

Whispers from the past

Traduit de l'américain
par Dominique Carton

Série proposée par Patrice Duvic

ISBN 2-265-07435-7

QUELQUE PART DANS LE PASSÉ...

Phoebe ne pouvait ignorer qu'elle se trouvait dans une situation particulièrement insolite ; elle découvrait autour d'elle des gens habillés comme lors de la répétition d'un spectacle de Thanksgiving : des chevaux et un attelage, des maisons construites en bois... A moins que je ne sois tombée dans une fête bizarre de « Pères pèlerins », se dit-elle, je crois que ce démon m'a transportée dans une autre zone temporelle, car tout cela ne ressemble en aucun cas aux normes de la côte Pacifique du XXIe siècle.

Soudainement, il semblait que tous les villageois se précipitaient pour regarder bouche bée, le souffle coupé, l'étrange fille qui se réfugiait derrière l'attelage.

— Vous avez vu son ventre ? commenta une vieille femme. Il est percé d'un anneau. C'est la marque du diable, je vous le dis !

Le regard de Phoebe se dirigea vers son nombril.

— Mon piercing ! murmura-t-elle en retenant sa respiration.

— Sorcière ! vociféra la foule, en l'entourant. Sorcière ! Sorcière !

Un frisson d'angoisse la parcourut à l'idée que les gens du passé n'appréciaient pas particulièrement les sorcières.

En fait, il leur arrivait même de les tuer.

CHAPITRE PREMIER

Le sorcier se retrouvait acculé au mur de briques, cerné, piégé dans une étroite ruelle sombre, derrière les magasins bigarrés du quartier populaire de North Beach, à San Francisco.

L'homme aux étranges yeux jaunes scintillants poussa un grognement à l'attention des sœurs Halliwell, Phoebe, Piper et Prue. Phoebe fut prise d'une envie de rire. Pourquoi cet individu leur en voulait-il ? Il avait surgi d'une sortie de secours, saisi les cheveux de Piper, et lui avait murmuré au creux de l'oreille quelque chose à propos du côté obscur des choses.

Lorsque ce sale type avait fondu sur les trois sœurs, elles déambulaient tranquillement vers le vieil entrepôt transformé en galerie marchande. Prue avait vu une paire de bottes qui la tentait dans une boutique nommée *Kick in the Pants*, mais elle souhaitait un deuxième et même un troisième avis avant de lâcher deux cents dollars pour un accessoire dont elle n'avait pas vraiment besoin.

— Ecoute, si tu les aimes tant, c'est que tu en as besoin, l'avait rassurée Phoebe, glissant son bras autour des épaules de sa sœur, alors qu'elles prenaient un raccourci par une ruelle étroite et déserte.

Phoebe devait admettre que son raccourci n'avait pas été une idée géniale. Mon Dieu ! pensait-elle, aller acheter une paire de bottes pour se retrouver face à un sorcier hargneux !

Affronter les sorciers ne constituait pourtant pas une nouveauté pour Phoebe et ses sœurs. Elles étaient les *Charmed*, trois sorcières détenant des pouvoirs spéciaux. Depuis la découverte du *Livre des Ombres* dans le grenier de *Halliwell Manor*, la maison dont elles avaient hérité de leur grand-mère, elles apprenaient leur art.

Elles avaient fait le serment de ne pas nuire à autrui, comme grand-mère l'aurait souhaité, et d'utiliser leurs pouvoirs pour faire le bien. Cela impliquait le fait d'affronter toutes sortes d'êtres maléfiques, comme celui-ci. Et elles se révélaient à présent extrêmement performantes. Phoebe avait réalisé que, tant qu'elles resteraient ensemble – aussi longtemps qu'elles posséderaient le Pouvoir des Trois –, rien ne pourrait les arrêter.

Pour l'instant, elles avaient l'avantage. Après avoir dégagé ses cheveux de l'étreinte du sorcier en lui frappant la cheville, Piper bloquait maintenant l'étroit escalier qui conduisait au passage ; Prue, la sortie vers la rue ; Phoebe, quant à elle, lui faisait face et suffisamment près pour pouvoir l'atteindre et faire disparaître le sourire narquois qu'il affichait. Il était pris au piège, et le savait.

Elle remonta les manches de sa veste de cuir noir préférée, prête à se battre.

— Je ne sais pas pourquoi vous êtes ici, lança Prue au sorcier, ni d'où vous venez, mais vous allez bientôt regretter d'être venu.

Ses yeux bleus étincelaient de colère, tandis qu'une mèche de cheveux noirs avait glissé, effleurant sa pommette.

— Vraiment ? grogna le démon. Si vous voulez me faire peur, il va falloir trouver autre chose de plus convaincant.

— Heureuse d'y être contrainte ! lâcha Phoebe.

Une haine implacable transparaissait dans le ton de sa voix.

Tous ses sens demeurant en alerte, hypersensibles à l'odeur de moisi de l'allée, à la vue des cageots sales alignés sur les côtés, au bourdonnement des voitures et des camions dans la rue proche et au son mat des chaussures sur le ciment, Piper avançait, lentement, précautionneusement. Les paumes moites de sueur, elle reconnaissait la décharge d'adrénaline qui la traversait toujours lorsqu'elle se trouvait face à face avec un sorcier. Cette situation la mettait dans une affreuse alternative : ou bien se battre frénétiquement, ou bien mordre la poussière. Et son esprit lucide lui donnait une juste appréciation du danger. Cet horrible personnage pouvait très bien leur infliger des blessures sérieuses.

Piper avança encore, fermant le cercle. Le sorcier leva alors la main, dévoilant un poignard argenté.

Phoebe sentit chaque muscle de son corps se tendre : d'où sortait-il cette arme ?

Il ramena la main par-dessus son épaule, ajustant son geste comme un joueur de fléchettes, et visa Phoebe, qui vit l'arme fendre l'air dans sa direction.

Elle ferma les yeux, ne pouvant s'empêcher de tressaillir, attendant l'impact de la lame froide et affûtée qui traverserait sa veste de cuir, son T-shirt, et déchirerait sa chair.

Mais elle ne sentit rien.

Ouvrant les yeux, elle vit le poignard suspendu dans le vide, à quelques centimètres de sa poitrine. Le sorcier était figé sur place, le visage tordu dans un rictus.

Phoebe comprit que Piper avait utilisé son pouvoir d'arrêter le temps.

— On l'a échappé belle, dit Prue.

— Tu peux le dire, acquiesça Phoebe, toute frissonnante, essuyant ses mains trempées de sueur sur son jean.

Concentrant son regard et agitant amplement la main, Prue utilisa son pouvoir de télékinésie pour dévier le poignard qui retomba sur le ciment, aux pieds de Phoebe.

— Mais qui est ce type ? dit Piper en se passant la main dans ses longs cheveux noirs, d'un air déconcerté. Vous savez, je crois qu'il a bloqué mes pouvoirs pendant un instant. J'essayais de le figer, et je n'obtenais rien, nothing, nada.

— Quelle horreur ! commenta Phoebe, se penchant en avant pour ramasser l'arme.

A la seconde où elle effleura le poignard, elle perçut ses pouvoirs. L'énergie de l'objet se transmit dans ses mains. L'enserrant étroitement, elle eut une vision. Phoebe possédait le don de prémonition, qui lui donnait des « flashs » sur l'avenir, le passé, et parfois les mondes se situant entre ces deux parties du temps. Elle entendit un rire démoniaque, puis un éclair zébra l'espace, et une volute de fumée verte tournoya et tourbillonna en un vortex.

Deux personnages émergèrent bientôt de la fumée verte.

Pop !...

La scène s'effaça brusquement dans l'esprit de Phoebe ; désorientée, elle examina le poignard.

— Que se passe-t-il ? demanda Piper.

— Quelque chose s'est très mal passé. Je commençais à avoir une vision, mais tout d'un coup, les images se sont estompées, puis plus rien. Comme la télé, si je n'avais pas payé la facture du câble !

— Qu'as-tu vu ? s'enquit Prue.

— Je ne sais pas exactement, mais il y avait... beaucoup de vert, raconta Phoebe, en haussant les épaules.

— Du vert ! reprit Piper, comme dans les plantes et les arbres ?

Phoebe secoua la tête.

— C'était plutôt de la fumée verte.

— Une sorte d'écran de fumée ?

Prue croisa les bras et observa l'individu figé en faisant une grimace.

— Alors, même pétrifié, vous bloquez les visions de Phoebe ? Vous devez être un puissant sorcier.

— Qu'allons-nous faire ? interrogea Piper nerveusement. Il va s'animer d'un instant à l'autre, et nos pouvoirs...

— Sont tout à fait intacts, déclara fermement Prue.

En tant qu'aînée, elle avait l'art et la manière de donner l'impression que tout était sous contrôle.

Tenant toujours le poignard, Phoebe essayait de trouver une façon de faire retourner ce sorcier d'où il venait.

— Il doit y avoir une formule ou une stratégie quelconque que nous pourrions utiliser ; après tout, ce n'est qu'un sorcier.

Piper fronça les sourcils.

— Seulement un sorcier...

Phoebe soupira. Piper se montrait probablement la plus prudente des trois, parfois même trop prudente.

— Je veux dire qu'il est humain, comme nous, dit Phoebe, agitant le poignard alors qu'elle parlait. C'est juste un homme qui pratique la magie noire. Et nous avons déjà vu pire.

— De plus, nous sommes trois contre lui, poursuivit Prue, nous possédons le Pouvoir des Trois.

— Bien, continua Phoebe, tournant la dague, comme pour parer à une attaque du sorcier. Ensemble, nous pouvons faire face à l'attaque d'un sorcier très puissant.

Cela fit sourire Piper, pas longtemps toutefois,

car elles perçurent un début de mouvement qui signalait la fin de l'immobilisation du démon, dont le rictus s'effaça.

— Quoi ? murmura-t-il, désorienté.

Puis, reprenant l'usage de ses sens, il se remémora la situation et fit entendre un rugissement de fureur.

— Est-ce qu'il s'agit d'un méchant bruit ou quoi ! dit Piper.

— Les gens sont si rudes de nos jours, les bonnes manières se perdent ! continua Prue.

— Viens donc, je suis prête pour toi, dit Phoebe, agitant la dague.

Un symbole sombre gravé à la base de celle-ci brilla, captant son regard. Que pouvait-il représenter ? Cela ne ressemblait à aucun des symboles de Wicca qu'elle avait déjà vus – ou même à rien qu'elle puisse connaître en magie noire. Quelle sorte de sorcier était ce type ? Ses pouvoirs semblaient se situer au-delà des capacités humaines, et bien au-delà de ce qu'elle avait déjà rencontré chez d'autres sorciers, comme s'il appartenait à une autre dimension.

Beuh ! pensa Phoebe. Peut-être n'est-il pas humain du tout ; peut-être est-il un monstre ou un démon. Ou un...

Ouahou ! L'homme décocha un formidable coup de pied à la dague que tenait Phoebe.

— Hé ! cria-t-elle.

Elle recula d'un pas contre le mur de briques, les sens en alerte. Le danger se précisait.

— Changement de plan, s'exclama-t-elle à l'adresse de ses sœurs. Je ne pense pas que c'est un...

— Brrrrraaaah ! rugit le sorcier, l'interrompant.

— Frustré parce que tu ne peux pas la prendre ? ironisa Phoebe, en brandissant la dague d'un air provocateur.

— Ooooh ! Quelqu'un n'est pas content, ici, fit Prue, d'un ton pince-sans-rire.

Le sorcier toisa Phoebe d'un regard haineux. Ses yeux jaunes semblèrent la pénétrer, la faisant frissonner l'espace d'un instant. Puis son regard fixa de nouveau la dague.

Alors que Phoebe serrait l'arme très fort, elle ressentit une vague glacée lui parcourir la main, provoquant des chatouillements.

Stupéfaite, elle vit la dague miroiter, puis se briser en particules étincelantes qui tourbillonnèrent.

Puis la dague se volatilisa. Sidérée, Phoebe contemplait sa main vide.

— D'accord, dit Piper. Maintenant, ça me donne vraiment la frousse.

Phoebe examina l'homme, s'attendant presque à voir la dague réapparaître dans ses mains. Mais de quelles sortes d'étranges pouvoirs disposait-il ?

Les filles continuaient à avancer vers lui lentement, par degrés. Néanmoins, Phoebe n'avait pas la moindre idée de ce qu'elles feraient de ce personnage une fois qu'elles l'auraient cerné. Et il semblait peu probable que quelqu'un s'aventure dans l'allée pour les aider.

Le démon saisit un cageot de bois dans l'allée et se mit à tournoyer. Il le porta à hauteur de poitrine, puis le projeta.

L'objet se dirigea droit sur Piper.

— Arrête-le ! hurla Prue à l'attention de sa sœur.

Piper tenta de se concentrer. Phoebe supposa qu'elle essayait d'arrêter le cageot en figeant le temps ; mais il apparut que sa capacité de geler le temps se trouvait elle-même... gelée.

Phoebe, choquée et horrifiée, suivit des yeux la trajectoire de la caisse jusqu'à ce qu'elle heurte sa sœur, la propulsant sur le sol.

— Non ! cria Prue.

Elle se précipita vers Piper, à l'extrémité de l'allée.

Phoebe surveillait l'homme du regard, tout en ne perdant pas de vue ses sœurs.

— Piper, comment vas-tu ? demanda-t-elle.

Piper lui fit un signe de la tête plutôt encourageant, essayant de parler, mais aucun son ne sortit de sa bouche. Tandis que Phoebe, inquiète, regardait sa sœur, le sorcier se sauva à toutes jambes, dévalant l'allée vers la sortie sur rue, désormais libre.

Dans un premier temps, Phoebe décida de le laisser partir. Mauvaise idée, se dit-elle bientôt. Ce type avait trop de pouvoirs pour qu'on le laisse libre dans San Francisco. Il pouvait très bien y faire un sale travail.

— Il se sauve ! prévint Phoebe, se précipitant à la poursuite du sorcier.

Il était au bout de l'allée maintenant, jetant des regards de tous côtés dans la rue.

— Non ! (Le cri de Prue résonna en écho dans l'allée.) Phoebe, reviens, tu ne peux le faire seule !

Phoebe faillit s'arrêter au bout de l'allée. Prue avait la mauvaise habitude d'avoir raison. Le pouvoir de Phoebe représentait le plus passif de ceux des trois sœurs. Ses visions ne l'aideraient sûrement pas en cas de coup dur. Pourtant, elle ne pouvait laisser ce sorcier se sauver.

Phoebe se précipita dans la rue, évitant de justesse un vieil homme courbé sous le poids de ses sacs de provisions. La route ne présentait plus de tournants maintenant. Le sorcier courait vite, mais Phoebe gagnait du terrain sur lui.

Dans sa course, il bouscula une poussette, et buta sur un des cageots d'oranges d'un étal de fruits, placé le long du chemin. Phoebe garda les yeux fixés sur lui, jusqu'à ce qu'il tourne sur la gauche, disparaissant à sa vue.

Son cœur battait follement tandis qu'elle slalomait entre un stand de marchand de glaces et une bouche d'incendie. Le monstre allait lui échapper, cela ne faisait aucun doute. Atteignant l'endroit où il avait tourné, Phoebe regarda à sa gauche et découvrit une autre allée, plus sombre encore que la première.

C'est là qu'elle le retrouva, courant le long d'une rangée de bennes à ordures. Elle accéléra son allure, ne pouvant désormais se permettre de le perdre.

C'est alors qu'un phénomène étrange arrêta net

Phoebe dans sa course éperdue. Pantelante, elle fixa des yeux le sorcier dont la peau se boursouflait.

Son corps entier se transforma en une masse fine, verte et visqueuse. Ses cheveux, ses vêtements et sa peau commencèrent à fondre. Devant les yeux effarés de Phoebe, son déguisement humain disparaissait peu à peu.

La transformation terminée, la créature se retourna pour la dévisager. De profondes et énormes rides sillonnaient son crâne ; une bouche hideuse découvrait des dents irrégulières et putrides, qui se chevauchaient. Sa peau se recouvrait de cicatrices suintantes et renflées. Une longue queue de poil touffu se détachait au bas de son dos, et ses pieds s'étaient mués en énormes pattes griffues.

Phoebe, pétrifiée, sentit le sang lui monter à la tête, alors que l'évidence la frappait. Devant elle, se trouvait le Mal incarné, sous l'enveloppe d'un démon horrible et répugnant.

C'était pire que ce qu'elle avait pu imaginer ; les démons possédaient des pouvoirs qui surpassaient en puissance ceux des sorciers, et se situaient bien au-delà des possibilités d'une jeune sorcière à la pratique toute récente.

Bon, pas de panique, tenta-t-elle de se réconforter.

Elle avait déjà affronté des démons avec l'aide de ses sœurs. Et au fait, où étaient-elles maintenant ?

Reste calme... Phoebe observa l'allée sombre derrière le monstre suppurant. C'était une impasse, fermée par trois murs de briques, qui ne comprenait ni porte, ni sortie, ni escalier.

Pas d'issue pour le monstre vert, songea Phoebe. Elle croisa les bras pour se protéger de la fraîcheur de l'allée totalement à l'ombre. Tout ce qui lui restait à faire consistait à le tenir coincé là, jusqu'à ce que ses sœurs arrivent : une broutille !

Mais le démon reprit sa course, continuant de dévaler l'allée. Où donc va-t-il ? s'interrogea la jeune fille, examinant les endroits sombres. Il n'y a qu'un mur de briques au bout...

Mais il se déplaçait vite, ses pieds verts caoutchouteux rebondissant sur le sol poussiéreux.

Ce démon est peut-être stupide, pensa Phoebe en continuant de le suivre.

— Où crois-tu aller comme ça ? l'apostropha-t-elle.

— Essaie donc de m'attraper ! cria-t-il par-dessus son épaule verte, toute couturée.

— Me prends-tu pour une gamine de trois ans ? lui renvoya Phoebe en fronçant les sourcils.

Il s'agissait bien d'un démon stupide et bêcheur – la pire sorte.

Serrant les dents, Phoebe prit de la vitesse et se jeta sur lui. Elle allait l'attraper par le cou, quand il lui échappa.

Il courut plus loin encore. Phoebe ne pouvait le croire : il allait s'écraser contre le mur !

Seulement, à présent, le mur de briques changeait de consistance ; sa surface et l'atmosphère l'entourant miroitaient. Le mur entier devenait flou, indistinct, neigeux, comme l'image d'un téléviseur lors d'une mauvaise réception. Alors que le démon atteignait ce mur, Phoebe vit qu'il y créait comme par magie une ouverture qui lui permettrait de s'échapper.

Mais elle le talonnait et n'avait pas l'intention de lui rendre les choses aussi faciles.

Comme il plongeait dans la brèche tourbillonnante, Phoebe le rattrapa.

— Je te tiens ! exulta-t-elle en lui saisissant fermement la queue.

Elle cala l'extrémité de ses bottes contre la base du mur, se pencha en arrière et tira de toutes ses forces. Elle devait ramener cet horrible diable dans l'allée.

— Whaou ! Que se passe-t-il ?

Le mur tremblotant commençait à céder sous ses pieds ; elle ne pouvait plus faire contrepoids.

Impossible de ramener le démon hors du trou, réalisa-t-elle, car ce vide l'aspirait. Le mur se désintégra et se mit à tourbillonner autour d'elle. Les briques étaient aspirées comme des particules de poussière dans un aspirateur géant. Phoebe elle-même se sentait glisser insensiblement dans le vortex.

Je dois le laisser partir ! se dit-elle. Je dois sortir de ce trou !

Mais la queue du démon lui glissait des mains, ses pieds dérapaient sur le sol.

— Piper ! cria-t-elle. Prue ! Au secours !

Elle se débattait, donnant des coups de pied, se trémoussant, luttant contre une force incroyable.

Mais son agitation semblait vaine. Chaque saccade la conduisait hors de l'allée. Se retournant, Phoebe eut la brève image d'un mur de briques et d'un ciel bleu. Puis l'espace s'assombrit et tournoya, alors que le trou noir l'engloutissait.

CHAPITRE 2

— Je les ai vus tourner par là, dit Piper, se précipitant dans l'allée.

Son bras la faisait souffrir, à l'endroit où le cageot l'avait heurtée, mais cela ne présentait pas la moindre importance pour le moment. Il fallait retrouver Phoebe qui s'était séparée d'elles afin de poursuivre le sorcier.

— Tu l'as entendue, elle nous appelait, dit-elle, profondément anxieuse.

Le vent s'engouffra dans la chevelure sombre de Prue, alors qu'elles entraient brutalement dans l'allée.

— Je l'ai entendue, mais... (Elle avança de trois pas, et leva les bras en manière de frustration.) Où est-elle ? Je lui ai pourtant recommandé de ne pas y aller seule. Pourquoi n'écoute-t-elle donc jamais ?

Piper savait que Prue ne condamnait pas leur jeune sœur. Elle ressentait une profonde inquiétude parce qu'il semblait que Phoebe et le sorcier eussent disparu.

— Phoebe ! appela Piper, essayant de contenir le sentiment de panique qui l'envahissait. (Elle se dirigea vers les endroits les plus sombres.) Où es-tu ?

— On ne la trouvera pas ici, dit Prue, croisant les bras tandis qu'elle parcourait l'allée du regard. Et il n'y a pas de voie pour sortir de cette impasse puante. Alors, dis-moi : où sont-ils donc passés ?

Piper jeta un coup d'œil dans l'allée sombre. Il n'y avait ni porte ni fenêtre, ni clôture à escalader, seulement deux bennes à ordures et quatre étages de briques.

— Vers le haut, suggéra-t-elle, montrant du doigt le toit. Penses-tu que le sorcier ait pu escalader le toit en portant Phoebe ?

Prue se renfrogna encore plus.

— C'est un sorcier, pas Spiderman.

Piper inspecta avec précaution l'intérieur d'une des bennes à ordures, retenant sa respiration à cause de la puanteur. Elle était vide. Prue toussa et claqua le couvercle de l'autre poubelle.

— Il semble qu'aujourd'hui soit le jour de ramassage des ordures, dit-elle, s'essuyant les mains sur son jean.

— Nous avons de la chance, autrement nous plongerions les mains à travers une montagne d'ordures, à la recherche de... (Sa voix se brisa sous l'effet de l'émotion.) Pourquoi n'a-t-elle pas attendu ? Je lui avais dit d'attendre !

— Prue...

Piper reprochait à sa sœur son entêtement. Pour l'instant, peu importait pourquoi Phoebe avait disparu. La seule chose qui comptait était de la retrouver.

S'éloignant des poubelles à l'odeur infecte, Piper remarqua une masse sombre au fond de l'allée. Etait-ce un tas de haillons ? Une pile de papiers ?

En l'observant mieux, elle constata qu'il s'en dégageait une fumée.

— Qu'est-ce que ça peut être ? demanda-t-elle, se penchant pour vérifier.

— Ce sont des vêtements ou quelque chose comme cela.

Se penchant sur le tas tout fumant, Piper réussit à toucher un morceau de tissu, qu'elle lâcha brusquement, tant il dégageait de chaleur.

Elle ne pouvait détacher son regard des vêtements froissés. Ils semblaient couverts d'huile et de suie. Cependant, la poussière et la fumée ne les masquaient pas entièrement. Au sommet du tas, Piper découvrit la veste de cuir préférée de Phoebe.

— Phoebe !... murmura Piper.

Prue, incrédule, se pencha sur la pile de vêtements. Ses yeux bleus étincelaient de terreur alors qu'elle les examinait, secouant la tête.

Elle sortit un stylo de sa poche, qu'elle utilisa pour séparer tout ce que Phoebe portait : sa veste, son jean, son T-shirt, son soutien-gorge et ses sous-vêtements, enduits d'huile et de suie.

S'agenouillant sur le sol froid, Piper sentit la terreur l'envahir.

— Qu'est-ce que ça signifie ? Si ses vêtements

sont là, où se trouve-t-elle alors ? Que lui est-il arrivé ?

Imaginer Phoebe seule, nue, peut-être prisonnière de l'envoûtement du sorcier, était insupportable.

De même, la vue de cet environnement lui paraissait insoutenable : l'allée sombre, les odeurs putrides, le pavé froid sous ses genoux. Des pleurs jaillirent de ses yeux, tandis qu'elle se cachait la tête entre les mains.

— Elle a disparu, Prue, gémit Piper. (Elle essayait de calmer ses sanglots, mais lutta en vain.) Quelque chose de réellement horrible lui est arrivé.

— Non, voulut la rassurer Prue. Phoebe va bien. C'est juste quelque... sale coup. Le sorcier a probablement utilisé un sortilège. Et les sortilèges peuvent être défaits, d'accord ? Nous sommes les *Charmed*. Nous passons notre temps à détruire les sortilèges des autres.

— *Avec* Phoebe, ajouta doucement Piper. Et elle n'est plus là. (Elle essuya une larme sur sa pommette.) J'ai peur, Prue...

Se penchant, Prue aida sa sœur à se remettre debout. A travers ses larmes, elle vit à l'expression de son visage que Piper était sur le point de dire quelque chose qui lui faisait très peur. Prue attira sa sœur près d'elle et la serra très fort dans ses bras.

— Ça va aller, nous allons trouver une solution.

Piper ferma les yeux, espérant de tout son cœur que sa grande sœur ait raison.

— Regarde, Phoebe n'est pas morte, déclara

Prue avec emphase. Je veux dire qu'il y a une autre explication à cela ; il doit y en avoir une. Nous devons juste découvrir ce qui s'est produit. Puis nous retrouverons Phoebe.

Essuyant ses larmes du dos de la main, Piper prit une profonde inspiration.

— Ce n'est pas si facile, Prue. Par où commence-t-on à chercher quelqu'un qui s'est volatilisé en fumée ? C'est comme chercher une aiguille dans une botte de foin – une botte enfumée, de plus. Nous aurions probablement plus de succès en cherchant ce stupide sorcier.

Piper vit un éclair s'allumer dans les yeux bleus de sa sœur. Ça voulait dire que Prue avait une idée.

Celle-ci s'assit près de la pile de vêtements.

— Ils ne fument plus, je crois, murmura-t-elle. Piper, donne-moi ton sac à dos.

— Pourquoi ? demanda-t-elle tout en enlevant son sac à dos et en le lui tendant. Que fais-tu ?

— Je ramasse les vêtements de Phoebe.

Elle ramassa délicatement la veste, puis essaya de la plier aussi parfaitement que possible sans se mettre trop de traces grasses sur les mains.

— Les vêtements peuvent être une clé pour la retrouver. (Elle ouvrit le sac à dos et y déposa la veste de cuir.) Peut-être pourrons-nous les utiliser en lançant un appel pour la localiser.

— Je n'y avais pas pensé.

Agenouillée à côté de sa sœur, Piper aida à ramasser ce qui restait des vêtements. Ils étaient toujours chauds. Cela paraissait si horrible de toucher ces vêtements abîmés tout en s'interrogeant sur le sort de leur propriétaire, espérant qu'elle allait bien.

— Nous devons rentrer à la maison pour consulter *Le Livre des Ombres*, proposa Prue, fermant le sac à dos.

Oui, acquiesça Piper intérieurement. La solution s'y trouve peut-être. *Le Livre des Ombres* contenait de nombreuses illustrations et formules, transmises par les ancêtres des sœurs *Charmed*. Cette lignée avait débuté avec Melinda Warren, qui fut brûlée pour sorcellerie en 1654 ; elle y écrivit les premières lignes. Beaucoup d'autres femmes dans la famille avaient utilisé ce livre pour y inscrire de nouveaux sortilèges. La dernière utilisatrice avait été Grams, qui avait élevé les trois sœurs.

— As-tu déjà vu quelque chose comme ça dans le livre ? demanda Piper. Des démons ayant le pouvoir de dissoudre les gens. Un sort qui fait partir quelqu'un en fumée...

— Pas que je ne m'en souvienne. Mais il y a tant de choses que nous n'avons pas encore vues.

Prue se leva et se frotta les mains. Piper remarqua une trace de suie sur sa pommette.

Elle l'effleura délicatement et l'effaça avec le pouce.

— L'idée de partir d'ici me répugne presque ; c'est le dernier endroit où Phoebe s'est trouvée.

Quelque chose vacilla dans le regard de Prue. Etait-ce l'expression de la peur ? Piper n'en était pas certaine.

— Prue, penses-tu vraiment qu'elle va bien ?

— Absolument.

Prue fit glisser le sac par-dessus son épaule, semblant aussi sûre d'elle qu'à l'accoutumée. Piper sentait qu'elle s'autosuggestionnait, et d'une certaine façon, cela la rassurait.

— Que Phoebe se porte bien ne fait aucun doute pour moi, dit Prue à sa sœur. Et si ce sorcier l'a blessée d'une quelconque façon, nous allons ensemble lui donner un sacré coup de pied dans son derrière sulfureux.

— Prue ? Piper ? M'entendez-vous ? criait Phoebe.

Elle n'entendait pas les voix de ses sœurs, seulement son propre gargouillement et les bruits qui se réverbéraient comme si elle parlait sous l'eau. Elle agita les pieds et se jeta en avant, se sentant comme un nageur qui ne pourrait pas retrouver la surface. Mais le fait de bouger ne semblait pas importer. Elle était enserrée dans une humidité tourbillonnante, se déplaçant à travers un vortex. Telle une abeille dans le vent, elle n'avait d'autre choix que d'aller là où les éléments l'emportaient.

A chaque instant, elle percevait la présence du démon – sa puanteur royale. Il était proche, mais où exactement ? Elle ne pouvait voir que des couleurs chatoyantes qui tourbillonnaient ; des ombres et de la lumière. Pourquoi l'avait-il piégée dans cette espèce d'avion démoniaque ?

Elle n'en savait pas assez pour comprendre ce qui l'entourait.

— Piper ! Prue ! s'égosilla-t-elle de nouveau.

Les mots gargouillèrent autour d'elle, ternes et morts. Elle savait que ses sœurs ne pouvaient l'entendre, et elle ne pouvait rien y faire.

Jetant des regards alentour, elle remarqua une ouverture en avant, vers laquelle elle se dirigeait tout droit.

Soudainement, le brouillard autour d'elle s'épaissit, l'aveuglant.

— Oh !

Elle tomba sur quelque chose de dur, qu'elle essaya de toucher doucement de la main, et sentit de la poussière, bien tassée sous elle.

Le brouillard s'éclaircissant, elle se frotta les yeux, encore un peu étourdie, mais soulagée de se trouver sur un sol ferme.

Elle réalisa qu'elle était assise dans une ruelle. Certainement pas la même que celle où elle se situait auparavant, à moins que le démon n'ait transformé les bâtiments de briques en maisons de bois. Mais au moins, c'était réel. Oui ! De retour sur la bonne vieille planète Terre.

Puis elle l'aperçut à quelques mètres seulement. Le démon tenait sa grosse tête dans ses pattes griffues. Et voilà, pensa Phoebe, le moment pour une exhibition avec Monsieur Vert-Gluant.

Elle se releva, mais il était déjà debout et courait, bondissant sur le sol de la ruelle, en direction de la lumière.

— Hé ! cria-t-elle. Ce jeu de poursuite commence vraiment à m'énerver !

Il émergea à l'entrée de la ruelle, à la lumière du soleil. Elle le suivit. Alors qu'elle courait, elle réalisa que le sol lui faisait mal aux pieds, et qu'elle éprouvait une étrange sensation de froid. Mais elle évacua ces impressions, qu'elle analyserait plus tard.

Elle fit une pause à l'ombre, au bout de la ruelle, pour regarder dans la rue tranquille. Où était donc ce démon ? Elle ne décelait aucune trace de lui nulle part. Il n'y avait même personne en vue, seulement d'étroites maisons aux toits de bardeaux pentus. Tremblant de froid, elle se mordait les lèvres, se demandant comment il avait pu disparaître aussi rapidement.

C'est alors qu'elle découvrit en baissant les yeux, que ses vêtements aussi s'étaient volatilisés ; elle se retrouvait entièrement nue !

— Eh bien, voulez-vous voir cela ! s'exclama Phoebe à voix haute.

Elle replia les bras pour couvrir sa poitrine et se glissa vers un chariot de bois pour cacher le reste. Maintenant, ce démon lui posait vraiment des problèmes. Non seulement il l'avait attirée à travers ce mur et lâchée elle ne savait où, mais en plus, il l'avait laissée sans le moindre vêtement. Elle lui donnerait une bonne leçon lorsqu'elle l'attraperait. Elle n'avait pas encore une idée exacte de ce qu'elle lui ferait, mais ce diable vert et visqueux allait payer.

Appuyée sur le chariot, Phoebe remarqua qu'il était chargé d'un petit panier de pommes de terre et d'un sac de ce qui ressemblait à du grain. Sur le siège, elle vit un tablier en cuir fixé à une ceinture. Peut-être cela pourrait-il couvrir certaines parties de son anatomie sans blesser la décence, au moins temporairement. Après qu'elle l'eut attachée au cran le plus serré, la ceinture pendait toujours sous son nombril, mais pour l'instant, c'était ce qu'elle pouvait faire de mieux.

Et maintenant, voilà qu'elle ressemblait à une cow-girl à demi nue.

Phoebe entendit des pas. Elle regarda vers la gauche ; un homme descendait le passage, un sac posé sur l'épaule.

— S'il vous plaît, ne me regardez pas, chuchota-t-elle.

De sa cachette, elle l'observa. Il portait une chemise et un pantalon noirs – très courant. Mais ses chaussures semblaient être les ancêtres des Doc-Martens, et son chapeau descendait tout droit du *Mayflower*.

Elle s'accroupit davantage derrière la charrette, tandis que l'homme s'approchait. Ses yeux fixaient le sol et il passa sans rien voir. Elle était sauve.

Mais seulement pour un instant. De la direction opposée venaient trois femmes portant de sévères capuchons noirs, et vêtues de robes sombres, descendant à la cheville. Aïe. La dernière chose dont Phoebe avait besoin était une rencontre avec une escouade de nonnes, spécialement quand elle devait traiter une affaire avec un démon, trouver quelques vêtements, et rentrer à la maison. Si ces poulettes la remarquaient, les choses pourraient bien se gâter.

Phoebe resta accroupie jusqu'à ce qu'elles soient passées. Peut-être puis-je trouver du linge étendu quelque part, pensa-t-elle. Ainsi, les affaires pourraient reprendre. Phoebe regarda passer les femmes à travers les rayons des roues du chariot.

Attends une minute : une roue de chariot ? Certainement pas ta cachette habituelle dans le San Francisco du XXIe siècle. Un hennissement prolongé parvint à ses oreilles. Non, pensa-t-elle, ça ne peut pas être ça. Elle se tourna lentement sur la droite. Glups ! c'était ça : deux chevaux se dirigeaient vers l'attelage. Comment pouvait-elle ne pas les avoir vus plus tôt ?

Probablement le simple fait d'être nue. Cela avait distrait son attention.

Elle comprenait à présent que quelque chose ne tournait pas rond. C'était pire que ce qu'elle avait d'abord imaginé. Elle rassembla toutes les informations qu'elle avait : le fait que tout le monde était costumé comme pour figurer dans une pièce de théâtre représentant Thanksgiving, les chevaux et l'attelage, les bâtiments de bois. Phoebe mordit sa lèvre inférieure. A moins d'avoir atterri dans une fête bizarre de « Pères pèlerins », ce démon m'a transportée dans une autre zone temporelle, qui ne correspond pas aux normes de la côte Pacifique du XXIe siècle.

Cela ne servait à rien de le nier. Elle avait remonté le temps, fait marche arrière. Ce vortex tourbillonnant devait constituer une fissure dans le temps.

Phoebe avait lu des textes concernant les fissures temporelles dans *Le Livre des Ombres*. Elles formaient des sortes de vagues qui pouvaient vous transporter vers le passé ou le futur. Elles représentaient aussi des procédés magiques très sophistiqués qu'elle et ses sœurs s'étaient bien gardées d'utiliser.

— Qui va là ? appela une voix masculine agressive.

Phoebe en eut la chair de poule. Elle tourna lentement la tête. Un petit homme à la face cireuse portant un chapeau à large bord se tenait derrière elle. Il la regardait avec un étonnement tel qu'on eût dit qu'*elle* était le diable.

Phoebe se recroquevilla derrière l'attelage, mais il était trop tard.

— Bien le bonjour à vous, monsieur, marmonna Phoebe, déployant tout son courage.

Elle croisa les bras, de manière à cacher tout ce qui pouvait être exposé.

L'homme à la tête de cire la pointa du doigt.

— Je crois que la dame n'a pas de vêtements ! annonça-t-il d'une voix forte.

Pas de mensonge, Tête de Cire ! pensa Phoebe.

Il fut rejoint immédiatement par les trois femmes qui venaient de passer et un couple qui sortait d'une maison voisine. Deux hommes portant de longs tabliers de cuir émergèrent de ce qui semblait être une étable. Un homme conduisant une charrette s'arrêta net, alors qu'il pénétrait dans la ruelle.

Soudainement, il semblait que tous les villageois se précipitaient pour regarder bouche bée, le souffle coupé, l'étrange fille nue qui se réfugiait derrière l'attelage.

Pourquoi est-ce que je ne vends pas simplement des tickets, pensa Phoebe, frissonnant tandis qu'une brise fraîche s'élevait.

Etait-elle censée expliquer à ces gens qu'elle venait d'une autre époque et qu'elle s'était aventurée là pour poursuivre un diable ? Probablement pas.

Des gens dans la foule murmuraient et l'observaient ; quelques-uns même plaisantaient. Une vieille femme s'avança et pointa un doigt ratatiné en direction de l'estomac de Phoebe.

Elle fut prise d'une nausée soudaine. Oh ! Oh ! cela commençait à devenir effrayant.

— Vous avez vu son ventre ? commenta la vieille femme d'un ton mauvais. Il est percé d'un anneau. C'est la marque du diable, je vous le dis !

— C'est vrai, acquiesça quelqu'un.

— Satan, rien que ça ! cria Tête de Cire.

Phoebe inclina la tête.

— Mon piercing ! murmura-t-elle en haletant.

Accentuant l'étreinte de ses mains sur sa poitrine, elle ferma une seconde les yeux et souhaita se trouver n'importe où, sauf là... Les expressions des visages dans la foule se durcirent, les regards se firent plus renfrognés.

La vieille femme la montrait toujours du doigt. Sa main fripée tremblait de ferveur.

— Cette femme porte un anneau dans sa chair,

et cependant elle vit et respire ! vociférait-elle. Elle doit vraiment être une sorcière.

— Une sorcière ?

Des murmures indignés parcoururent la foule.

Phoebe demeurait bouche bée. Que pouvait-elle dire ? Je suis bien une sorcière, mais une gentille sorcière. Vraiment ! Ce n'est pas du tout ce que vous pensez !

— Oui, oui, je le vois ! cria une autre femme. C'est évident qu'elle est une sorcière.

Phoebe tomba en arrière contre le chariot tandis que la foule l'encerclait.

— Sorcière ! criait la foule, refermant ses rangs autour d'elle. Sorcière ! Sorcière !

Phoebe fut prise de tremblements. L'Histoire américaine n'était pas son fort, mais si elle se souvenait bien, les puritains n'appréciaient pas vraiment les sorcières. En fait, ils mettaient un point d'honneur à les tuer.

Soudainement, elle comprit le but que ce diable poursuivait en l'amenant ici. Elle comprit, et n'aima pas ça du tout.

CHAPITRE 3

Devant les yeux de Phoebe, une mer de visages coléreux et écarlates ondoyait. La peur lui glaçait le cœur. Ses mains tremblaient, ses doigts s'agrippaient au bois du chariot.

La terreur qui l'envahissait, la submergeant, glaçait le sang dans ses veines. Elle sentit ses genoux flancher. Tout bascula en arrière. Elle s'effondra, s'attendant à tomber sur un sol dur et froid. Mais son atterrissage s'opéra en douceur.

— Mmm... gémit-elle, luttant pour ouvrir les yeux.

Lorsqu'elle y parvint, un beau visage penché sur elle emplissait l'espace : mâchoire carrée, pommettes hautes, regard d'un gris métallique. Vraiment pas un mauvais rêve, pensa-t-elle.

Puis le sol se déroba, et sa tête retomba contre quelque chose de chaud et de moelleux. Hé, ce n'était pas le sol qui bougeait, réalisa-t-elle, mais le beau type qui la soulevait, la portant comme une poupée.

Phoebe ferma les yeux un instant, espérant faire disparaître ses sensations de vertige. OK, un étranger avec une allure à mourir d'amour me porte dans ses bras. Elle entrouvrit les yeux pour jeter un coup d'œil furtif, puis les referma aussitôt. Et je suis nue, enveloppée dans un tissu vraiment soyeux, mais encore bien trop nue de haut en bas.

L'étranger se fraya un chemin à travers la foule, la portant vers son attelage.

— Mes sincères excuses, spécialement envers les dames.

L'homme s'exprimait d'une voix forte, pleine d'assurance. Phoebe pouvait sentir sa poitrine battre contre son oreille, tandis qu'il parlait.

— Ce n'est pas du tout la façon que j'avais prévue pour le bon peuple de Salem de faire connaissance avec ma chère sœur, elle est si simple d'esprit.

Il passa devant les trois femmes vêtues de noir, qui se contorsionnaient pour mieux voir Phoebe et l'étranger.

De qui parle-t-il ? se demanda Phoebe.

— Peut-être est-elle simple d'esprit, dit l'homme au visage de cire, mais votre sœur est également complètement nue, monsieur Montgomery.

Ah ! voilà donc son nom. Phoebe prit bonne note de l'information.

— Je l'admets, mon bon ami, répliqua Monsieur Séduisant Montgomery, déposant Phoebe sur le siège plat de la carriole, ajustant les plis de la cape qui l'enveloppait, et prenant le temps de vérifier qu'elle était couverte d'une façon décente.

— Ma chère sœur, êtes-vous malade ? Où sont vos affaires, vos vêtements ?

Réalisant qu'elle était partie prenante de ce spectacle, Phoebe se raidit. Ses questions nécessitaient une réponse. Ils avaient tous besoin d'une bonne grosse réponse et ils ne se contenteraient pas d'accepter l'excuse standard : « Le diable a croqué mes affaires. »

Se penchant vers M. Montgomery, elle chuchota :

— On m'a volée !

— Volée ! répéta-t-il d'une voix si puissante que tous purent entendre.

Quelques femmes protestèrent. Puis le silence retomba dans la foule, tandis que tous les visages se tournaient vers Phoebe. Se sentant observée, ses mains se crispèrent sur la couverture.

— Ma pauvre chère sœur ! (M. Montgomery enfouit son visage dans ses mains l'espace d'un instant, puis examina Phoebe.) Après avoir entrepris un si long voyage pour me rejoindre, cela m'attriste d'apprendre qu'une bande de voleurs ont tiré avantage de votre nature généreuse et simple.

— A propos de voleurs, intervint Tête de Cire, j'aimerais bien récupérer ma ceinture.

— Bien sûr, dit Phoebe, qui se dressa sur l'attelage bancal.

Elle mordit sa lèvre inférieure tout en luttant pour rester en équilibre, et maintenir son corps caché sous la cape. Elle réussit enfin à faire glisser la ceinture de cuir jusqu'à ses genoux, et la tendit à Tête de Cire. Il la tint en l'air entre deux doigts, l'air dégoûté, la gardant aussi loin que possible de lui.

— Hé ! je n'ai pas la gale, protesta Phoebe.

— D'où vient-elle ? grommela un homme dans la foule. Il n'est pas arrivé de vaisseau dans le port depuis presque un mois.

— Elle voyageait par voie de terre, expliqua calmement M. Montgomery, depuis la colonie de Jamestown. Elle devait épouser un jeune homme là-bas, mais hélas, il a été atteint d'une maladie et est mort durant les mois d'hiver. Elle a essayé de rester avec la colonie. Cependant, je crois que les bonnes gens de Jamestown ne pouvaient tolérer les défaillances de son jugement.

— Et pourquoi les tolérerions-nous ? se plaignit une femme dans la foule.

— Cela ne vous sera pas demandé, dit M. Montgomery, saluant la femme. Je réclame votre clémence pour l'embarras dans lequel cela vous a plongés. Je conduis ma sœur au cottage. Je vous donne l'assurance qu'à dater de ce jour elle sera entre mes mains et sous ma protection. Elle ne représentera en aucune façon un souci pour cette colonie.

— Comme vous dites, monsieur, maugréa la femme en faisant un geste de la tête qui traduisait son doute.

Quel roman ! Ce M. Montgomery était un conteur hors pair.

Phoebe le regardait faire son spectacle, se demandant pourquoi il se donnait tant de mal pour elle, une totale inconnue, et de plus, complètement nue. Quelle en était la raison ?

Les villageois se tenaient tranquilles, tandis que

M. Montgomery grimpait à côté de Phoebe et saisissait les rênes de l'attelage.

— Bonne journée à vous tous !

L'attelage découvert démarra bruyamment dans la ruelle cahoteuse.

Phoebe fut soulagée de s'éloigner des yeux accusateurs des villageois, tandis que la charrette laissait derrière elle le petit groupe de maisons, suivant un chemin à travers une zone boisée très dense. Elle éprouvait des difficultés à rassembler ses idées. Où l'emmenait cet homme ? Et pourquoi ? Plus important encore, comment allait-elle retrouver ce démon et rentrer chez elle ? Ses vertiges persistaient.

— Nous n'avons pas encore eu l'honneur de nous présenter, fit l'homme, la regardant de ses beaux yeux gris. Je m'appelle Hugh Montgomery. Puis-je vous demander votre nom ?

— Phoebe Halliwell, voilà tout ce dont je suis sûre.

— Et d'où venez-vous, Phoebe Halliwell ? Je parie que ce n'est pas de Jamestown !

Phoebe se demanda jusqu'à quel point elle pouvait lui dire la vérité. Annoncer qu'elle venait du XXIe siècle pouvait ne pas être une bonne idée.

— Pour le moment, tout m'apparaît comme à travers un brouillard, je n'ai qu'une vague idée des choses, répondit-elle.

Après une réflexion rapide, elle décida de s'en tenir à cette histoire de vol. Cela avait bien marché avec la foule en colère, n'est-ce pas ?

— Ma tête me fait toujours mal, dit-elle, se frottant les tempes. Je dois avoir pris un sacré coup, lorsque ces voleurs m'ont frappée.

— Un sacré coup ? répéta-t-il, comme s'il essayait d'apprendre une langue étrangère.

— On m'a frappée sur la tête, traduisit-elle.

Elle prit conscience qu'elle devait prendre en compte le fait que le langage était un peu différent à cette époque-là.

— Donc, ce sont vraiment des voleurs qui ont dérobé vos vêtements ?

Phoebe acquiesça.

— Et depuis ce moment où ils m'ont attaquée, ma mémoire est plutôt brumeuse. Je ne peux même plus penser avec clarté, maintenant.

— Peut-être avez-vous besoin de repos ? suggéra-t-il, et d'une tasse de tisane de racines.

— Probablement, dit Phoebe. (Elle s'interrompit.) Vous savez, j'apprécie la façon dont vous avez arrangé les choses, là-bas au village. Mais je dois savoir pourquoi vous l'avez fait, spécialement pour une étrangère ? Ces gens auraient pu se retourner contre vous, et vous jeter des pierres, ou quelque chose comme cela.

Les arguments de Phoebe le firent sourire.

— Les gens ne sont pas fous à Salem, nous avons des possibilités de châtiments bien plus civilisées, si nécessaire.

La respiration de Phoebe se bloqua dans sa gorge.

— Salem, fit-elle en écho. Je suis à Salem ?

— Salem Village, Massachusetts, acquiesça-t-il.

Phoebe déglutit.

— Et, euh... en quelle année sommes-nous, s'il vous plaît ?

— 1676.

Phoebe sentit ses cheveux se dresser sur la tête. Salem, à la fin du XVIIe siècle, était pratiquement la capitale mondiale de l'extermination des « sorcières ». Le démon l'avait amenée chez les tueurs de sorcières et, si elle voulait survivre suffisamment longtemps pour rentrer à la maison, elle avait intérêt à regarder où elle mettait les pieds.

— Allez-vous bien ? s'enquit Hugh. Votre visage a soudainement pâli.

— Je crois que je me sens toujours un peu... bizarre.

Et même terrifiée, se dit-elle en silence. Mais il valait mieux que Hugh ne soit pas au courant, aussi ramena-t-elle la conversation à la question précédente.

— Pourquoi m'avoir aidée et prendre un tel risque ?

Le sourire d'Hugh s'effaça tandis que son regard se portait au loin.

— Il y a quelques mois, une personne m'a aidée : la veuve Wentworth. Elle m'a donné à manger et un endroit où vivre, alors que je n'avais nulle part où aller. Je n'oublierai jamais sa générosité, et je me suis juré de faire de même, si je rencontrais quelqu'un dans le besoin.

Non, ce n'est pas seulement quelque chose de physique, pensa Phoebe, se sentant pleine de bons sentiments pour Hugh. Ce bon Samaritain a un potentiel. Dommage qu'il vive au mauvais siècle.

— Avez-vous eu l'occasion de remercier cette Mme Wentworth ? demanda-t-elle.

Hugh sourit de nouveau.

— Je la remercie tous les jours, et je vous conduis à son cottage. Je m'occupe de ses animaux et du jardin, en échange de nourriture et d'une paillasse dans l'étable, où je dors.

La charrette rebondit sur une aspérité du chemin. Se replaçant sur son siège, Phoebe resserra la cape.

— Oh, merveilleux ! Un autre étranger dans son foyer. Je suppose que la vieille veuve Wentworth va m'adorer.

— Bien sûr. C'est une femme gentille et généreuse.

Peu après, Phoebe remarqua que les arbres laissaient place à une clairière.

— Voici son cottage, dit Hugh, indiquant du regard une modeste cabane de rondins au toit de chaume.

A quelque distance se tenait une petite étable, près d'un champ récemment labouré.

Le cheval les amena tout près de l'entrée. Hugh sauta sur le sol et se hâta de faire le tour de l'attelage pour aider Phoebe à descendre, la traitant comme si elle était une porcelaine fragile. Non que ce comportement la gênât, mais cela la surprit un peu. Après tout, au XXIe siècle, la conception du romantisme de certains hommes pouvait être une grande claque amicale sur l'épaule.

Hugh attrapa un panier couvert à l'arrière de la carriole et se dirigea vers la porte du cottage. Phoebe se tenait droite comme un i.

Prépare-toi à rencontrer la veuve, se disait-elle. Mais personne ne répondit lorsque Hugh frappa.

— Elle doit être dehors, dit Hugh, ouvrant doucement la porte.

— S'il vous plaît...

Il lui tendit la main et s'effaça pour la laisser entrer.

Avec précaution, Phoebe s'avança dans la pénombre. La pièce sentait la fumée de bois et le chèvrefeuille. Des odeurs agréables, somme toute. Devant elle se dressaient des meubles de bois, ornés de fleurs décoratives. Un tapis de tissu coloré masquait le sol en terre battue. L'endroit semblait plaisant et accueillant. Un évier sans robinet occupait un coin de la pièce, ce qui signifiait qu'il n'y avait pas d'eau courante. Le cottage ne comportait pas non plus de micro-ondes, de cuisinière ou de four. Pas de téléphone. Vraiment rien de superflu ; du camping, pratiquement.

Hugh sortit du panier quelques paquets bien emballés, et les posa sur la table en pin.

— Des affaires pour la veuve, expliqua-t-il. Des rubans, des boutons, du fil et une longueur de calicot.

Phoebe s'assit sur une chaise de bois et porta le regard vers ses pieds.

— Avez-vous froid ? demanda Hugh. Je vais allumer un feu.

Phoebe acquiesça. Ça aurait pu être pire. Après tout, elle n'avait pas remonté le temps pour se retrouver dans l'Arctique. A la vue des plantations et de la douceur du temps, elle supposa qu'on était au printemps, ici, à Salem, comme lorsqu'elle était à San Francisco.

Hugh introduisit un autre rondin dans le feu.

— Cela chauffera la bouilloire, dit-il en s'essuyant les mains. Je vais ramasser un peu plus de bois. Restez ici, et reposez-vous un instant. Les autres vont bientôt revenir.

— Les autres ?

— La veuve et sa fille, dit Hugh en se dirigeant vers la porte.

Phoebe contempla le toit de chaume tout en gémissant sur son sort.

— Mais qu'est-ce que je fais là ?

Elle se pencha en avant, posant la tête et les bras sur la table. Elle heurta accidentellement un vase d'argile qui émit un bruit métallique. Ne casse pas la porcelaine de la veuve, se dit-elle.

Elle plongea la main dans le vase, seul objet se trouvant sur la table de pin, et effleura un objet curieux... Elle le sortit et découvrit un bijou en or, de la forme d'un croissant... Ouah !

Ses pensées la conduisirent dans un autre endroit et à une autre époque, et une vision s'imposa à sa conscience.

Du feu, des flammes alentour, montant vers le ciel.

Elles dansaient et ondulaient, enveloppant une

femme dans leurs volutes colorées. Elle était jeune, blonde, belle. Un courage à toute épreuve illuminait son regard ; elle murmurait quelque chose. Autour du cou de la femme, Phoebe vit le bijou, le croissant de lune scintillant dans les flammes.

Un frisson traversa son corps au moment où elle reconnut cette femme. C'était son ancêtre, Melinda Warren, la première sorcière de la lignée de Phoebe. Elle apparut une fois tel un fantôme pour aider les sœurs *Charmed*, et Phoebe avait lu beaucoup de ses sortilèges dans *Le Livre des Ombres*.

La vision s'interrompit alors que les flammes atteignaient une hauteur immense autour de Melinda.

Après son procès, Melinda Warren avait été condamnée au bûcher, à Salem, en 1654. Seulement vingt-deux années plus tôt, se rappela Phoebe. Aussi, que faisait son bijou dans ce cottage ?

La veuve Wentworth avait-elle une quelconque responsabilité dans la mort de Melinda Warren ?

CHAPITRE 4

— Je me sens si coupable, gémit Piper tandis qu'elle suivait sa sœur aînée à travers l'entrée d'*Halliwell Manor*.

La vieille et lourde porte se referma derrière elles avec un déclic. Habituellement, ce son donnait à Piper l'impression d'être en sécurité, mais aujourd'hui, il résonnait d'une manière funèbre.

— C'est comme si on avait laissé Phoebe derrière la porte.

— Nous allons agir, déclara fermement Prue. Au grenier, nous trouverons un sortilège dans *Le Livre des Ombres*, pour faire revenir notre sœur. Prenons le taureau par les cornes, ou plutôt, le démon.

— Je suis heureuse que quelqu'un maîtrise la situation.

Les talons de Piper claquaient sur le parquet ciré. Depuis que leur grand-mère leur avait légué *Halliwell Manor*, les sœurs avaient fait de leur mieux pour lui garder un aspect étincelant, depuis les vitraux aux couleurs vives jusqu'au moindre chandelier. L'omniprésent style victorien possédait de la chaleur, du charme et, comme les filles l'avaient découvert, une magie persistante à chaque coin de la maison.

Sans perdre de temps, Prue et Piper se débarrassèrent de leurs manteaux dans l'entrée, et se dirigèrent vers le vaste et élégant escalier. Au deuxième étage, elles empruntèrent un escalier plus modeste qui menait directement au grenier. Là, sur un pupitre, reposait *Le Livre des Ombres*.

Piper traversa la pièce poussiéreuse pour allumer quelques bougies. Agenouillée près d'une table basse ronde, elle enflamma une allumette dont elle toucha la mèche. Les flammes projetèrent bientôt des lueurs sur le bois brut des poutres. Les filles utilisaient parfois des bougies pour leurs incantations, souhaitant à présent que la lumière repousse l'angoisse terrible contre laquelle elles luttaient depuis la disparition de Phoebe.

— Bon, allons-y. (Prue s'était déjà penchée sur *Le Livre des Ombres*, parcourant ses pages les plus anciennes.) Nous avons une formule pour nous débarrasser des rats, une psalmodie pour le solstice d'été ; note ça dans ton agenda.

— Et rien sur les moyens de récupérer une sœur disparue ? dit Piper avant de déglutir avec difficulté.

Bien que tentée de rejoindre Prue près du livre, elle s'assit sur le canapé. Quand sa sœur aînée prenait la direction des opérations, elle n'appréciait pas vraiment qu'on la dérange.

— Donne-moi une minute, dit Prue, feuilletant rapidement plusieurs pages en avant, l'air renfrogné.

Piper se mordit la lèvre inférieure d'un air pensif. Pendant ces dernières années, elle avait passé des heures à compulser *Le Livre des Ombres*, le lisant et l'étudiant, mais elle éprouvait quelquefois des difficultés à trouver ce qu'elle y cherchait. Consulter le livre différait d'une recherche sur ordinateur, ou de la démarche de trouver un mot dans un dictionnaire.

— Ouah ! cria soudain Prue, je pense que j'ai quelque chose ici. Il y a une formule pour localiser une personne disparue.

Piper bondit pour lire par-dessus son épaule.

— Oui, la voilà, dit Prue, pointant une série de lignes tracées d'une écriture ancienne. C'est parfait, laisse-moi regarder ce dont nous avons besoin.

Elle lut ce passage du *Livre des Ombres* :

Une trace de paternité,
Des vêtements si précieux,
Une mèche de cheveux,
Pour chercher tout près ou dans le lointain.

Piper compta avec les doigts.

— Un objet de papa, les vêtements de Phoebe, et ses cheveux. Comment allons-nous réunir tout ça, si elle n'est pas ici ?

Tapotant le livre, Prue resta un instant plongée dans ses pensées.

— Voyons... (Elle pointa un doigt vers l'étage inférieur.) Sur sa brosse à cheveux, il doit bien y rester une mèche.

Sans un mot de plus, les sœurs se précipitèrent au deuxième étage. Prue se dirigea vers la chambre de Phoebe, et Piper descendit jusqu'au vestibule, où elle avait déposé son sac à dos en entrant. Mettant la courroie autour de son bras, elle se précipita dans les escaliers, et jeta un regard à sa montre tout en redescendant en trombe vers la chambre de Phoebe. On était à trois heures de l'heure de pointe au *P3*, la nouvelle boîte de nuit de Piper. Elle devait se préparer à s'y rendre, si elle pouvait y aller. Comme il est pénible de devoir assumer des responsabilités lorsque votre monde intime s'écroule !

— J'ai ses vêtements, annonça Piper, à bout de souffle.

Prue se tenait devant la coiffeuse, passant au crible une pile de magazines.

— Et j'ai les cheveux, dit-elle en brandissant la brosse de Phoebe. Mais la question de l'objet paternel me laisse perplexe. Je veux dire que nous n'avons rien de lui. Pourquoi aurions-nous quelque chose, d'ailleurs ?

— C'est évident que tu n'as rien de lui, tu as probablement brûlé toutes ses affaires, voilà des années.

— Je n'ai rien brûlé, je n'ai simplement rien gardé.

Parler de leur père était source de discorde, spécialement entre Prue et Phoebe. Pour Prue, il représentait une non-personne. Il était sorti de leurs vies lorsqu'elles étaient très jeunes, aussi Prue l'avait entièrement effacé de sa mémoire. Mais Phoebe avait toujours soutenu que Prue faisait erreur à son sujet.

Piper tentait de rester à l'écart de leur dispute, bien qu'il lui arrivât souvent de regretter son absence, rêvant d'entrer en contact avec lui.

— D'accord, Piper. Je lis dans ton regard. Tu possèdes quelque chose de papa, n'est-ce pas ? fit Prue d'un air provocateur.

Un petit sourire narquois se dessina sur les lèvres de Piper.

— Qu'est-ce que c'est ? demanda Prue.

— J'avais une photo de lui adolescent que j'ai donnée à Phoebe, et...

— Et elle ne te l'a jamais rendue, finit Prue à sa place. (Frustrée, elle frappa la brosse de Phoebe contre sa main.) Nous sommes si près de pouvoir faire cette incantation et de trouver Phoebe. Laissons à papa le soin de nous perturber encore !

— D'accord, d'accord. Restons calmes et réfléchissons un peu. (Piper se coula sur le lit de Phoebe.) Peut-être y a-t-il une photo de lui dans un des albums de famille ?

Prue secoua la tête.

— Maman s'en est débarrassée.

— Une bague de mariage ? Des bijoux ? Des lettres ?

Prue faisait toujours non de la tête.

— Papa ne nous écrivait jamais. Tu ne t'en souviens pas ?

— Il doit bien y avoir quelque chose.

Les yeux de Piper se portèrent sur les souches de tickets glissés dans le cadre du miroir de Phoebe. C'était principalement des tickets d'invitation à des spectacles, des parcs de loisirs ou des matchs de football.

— Le football ! (Piper se dressa sur ses pieds.) J'ai ce qu'il faut.

Prue la regarda ouvrir la porte de la garde-robe de Phoebe, et saisir une boîte sur l'étagère du haut.

— Je l'ai vue sortir cela de sa malle dans le grenier. (Piper retira un ballon de football de la boîte.) Il appartenait à papa et porte un autographe de Johnny Unitas, le Golden Arm.

Prue jeta un coup d'œil au ballon.

— A l'instant présent, j'en ai rien à faire qu'il porte la signature de Johnny Unitas ou l'autographe d'Elvis. Il a appartenu à papa, c'est ce qui importe pour l'utiliser. (Elle mit le ballon sous son bras et attrapa la brosse à cheveux.) Allons-y, acheva-t-elle, prenant la direction du grenier.

— Je te suis, répondit Piper.

Dans le grenier, elles assemblèrent les ingrédients du sortilège sur la table basse. Piper choisit une grande vasque de céramique peu profonde, pour contenir les objets collectés, tandis que Prue extirpait une mèche de cheveux emmêlés de la brosse appartenant à Phoebe. Elle disposa sa veste de cuir souillée dans la vasque, puis plaça la mèche de cheveux par-dessus. Une fois le ballon déposé dans le col de la veste, elles purent commencer.

Piper se sentait stressée par l'urgence de la situation. Ce sortilège réussirait-il à ramener Phoebe ? Non, il était seulement censé les aider à la localiser, à indiquer une piste. Cela devait marcher.

Son cœur battait fort dans sa poitrine tandis qu'elle joignit ses mains à celles de Prue. Cela ne donnait pas la même impression qu'avec Phoebe, en plus, mais elles se stimulèrent.

— OK, dit Piper d'une voix solennelle. Récitons la formule en entier.

Une trace de paternité,
Des vêtements si précieux,
Une mèche de cheveux,
Pour chercher tout près ou dans le lointain,
Trouver notre Phoebe,
Montrer le chemin,
Déceler son esprit,
La trouver maintenant.

Piper regardait par-dessus la table le visage assombri de Prue. Rien ne s'était produit. Avaient-elles commis une erreur ?

— Répétons la dernière partie, dit Prue.

— « Trouver notre Phoebe, psalmodièrent-elles à l'unisson, montrer le chemin, déceler son esprit...

Un vent clair et doux souffla à travers le grenier.

— « La trouver maintenant », récitèrent finalement les sœurs.

Le vent tourbillonna autour des objets dans la vasque. Le ballon de football bascula d'un côté, puis se balança en tournant violemment dans le souffle du vent. La veste s'éleva très haut au-dessus de la table, puis s'anima, comme portée par un mannequin invisible. Les manches battaient l'air frénétiquement, désignant toutes les directions possibles. La veste leur indiquait-elle l'endroit où se trouvait Phoebe ?

La mèche de cheveux flottait dans les airs, puis s'enflamma. L'odeur irrita Piper, qui se boucha le nez. Prue toussa, balayant la fumée de la main.

Aussi soudainement qu'il s'était déchaîné, le vent s'apaisa. La veste retomba dans la vasque, et le ballon basculant sur le côté, rebondit sur le sol.

— Qu'est-ce que ça veut dire ? demanda Piper, se retirant de cet étalage d'objets étranges.

Prue consulta immédiatement *Le Livre des Ombres*.

— Bon. D'après le livre, le vêtement doit s'orienter dans une direction bien précise.

— Mais il ne l'a pas fait, nota Piper. Cette veste a indiqué le nord, le sud, l'est, l'ouest, et tout ce qui se trouve entre.

— Ce qui veut dire... (Prue consulta de nouveau le livre.) ... ce qui veut dire que la personne recherchée n'est pas proche de nous. Ici, je lis : « Si le vêtement danse d'une façon indécise, le sortilège révèle que l'âme chère est très très loin. » Voyons ce qu'il dit des cheveux qui ont brûlé ; cela doit avoir un sens.

— Un feu n'est-il pas un signe négatif habituellement ? demanda Piper.

Comme Prue ne répondait pas, Piper se tourna vers elle.

— Prue, qu'est-ce que c'est ?

Ses yeux bleus étaient noyés de pleurs tandis qu'elle gardait le regard fixé sur le livre.

— Qu'est-ce que cela dit, Prue ? insista Piper, donnant un coup de pied dans le ballon et venant enrouler un bras autour des épaules de sa sœur. Parle !

Prue secoua vigoureusement la tête, ravalant un sanglot.

— Ça ne dit rien du tout. C'est juste que... Je veux dire que, si Phoebe est...

— Non, protesta énergiquement Piper, secouant sa sœur par les épaules. Ce n'est pas possible, cela ne peut pas exister, n'est-ce pas ? N'est-ce pas ?

Prue demeurait muette, prostrée. Elle se contenta de fermer les yeux, une larme glissant le long de sa pommette d'albâtre.

Mordant sa lèvre inférieure, Piper refusa de prononcer le mot que Prue avait évité. Ni l'une ni l'autre ne le firent.

Mais elles y pensaient toutes les deux.

Morte... Et si Phoebe était morte ?

CHAPITRE 5

L'image de Melinda Warren s'estompa, laissant Phoebe tremblante. Le porte-bonheur en forme de demi-lune tomba dans le vase d'argile et elle se cacha le visage dans la cape soyeuse qui l'enveloppait.

Que pouvait signifier cette vision ? Si on était en 1676, cela faisait vingt-deux ans que Melinda Warren était morte ! Alors pourquoi avait-elle eu une sensation si intense en touchant ce porte-bonheur ? Les visions de Phoebe ne se produisaient jamais sans raison. Elles signifiaient en général qu'elle était censée intervenir pour résoudre ou transformer la situation qui se présentait à son esprit. Aussi, que devait-elle faire dans le cas présent ?

Plongée dans ses réflexions, elle ne remarqua pas tout de suite que la porte s'ouvrait et qu'un rire d'enfant s'élevait.

— Je te l'ai dit, maman, babillait une petite voix enfantine. Je peux ramasser plus de fleurs sauvages que n'importe qui. Et l'œuf dans ma poche ne s'est pas écrasé du tout, même lorsque j'ai couru.

Phoebe se redressa brutalement, surprise de voir

une petite fille qui ne devait pas avoir plus de cinq ans entrer dans la maison, accompagnée d'une femme qui semblait du même âge qu'elle. Toutes les deux étaient blondes, avec une silhouette fine. Phoebe cligna des yeux. Etait-il possible que cette jeune mère soit la veuve Wentworth ?

Phoebe s'était attendue à rencontrer une vieille femme arthritique à demi édentée, pas une jeune femme aussi belle et séduisante.

— C'est la chance qui a sauvé l'œuf, et non ton habileté, répondit la femme. (Elle leva les yeux et vit Phoebe.) Ô mon Dieu, j'espère que nous ne vous avons pas réveillée ? Hugh m'a dit que vous aviez besoin de repos, et nous voilà entrant bruyamment. (Elle se dirigea vers Phoebe.) Je m'appelle Prudence Wentworth, et voici ma fille Cassandra.

Phoebe sourit. Elle se trouvait bien devant la veuve. Amusant, elle portait le même prénom que Prue.

— Mon nom est Phoebe Halliwell.

— C'est vrai au sujet des voleurs ? questionna Cassandra de sa voix flûtée. Ils ont pris vos vêtements pour de vrai ?

— Cassandra, retourne au poulailler pour ramasser tous les œufs, s'interposa fermement la femme.

— Oui, maman, dit poliment la petite fille, tout en scrutant Phoebe de ses petits yeux curieux, alors qu'elle reculait vers la porte puis s'en allait en courant.

— Je vous présente mes excuses. Ma fille est d'une nature très inquisitrice, expliqua Prudence.

Vous avez souffert d'une mauvaise fortune épouvantable, mais vous êtes la bienvenue ici. Avez-vous faim ? Ou voudriez-vous une tasse de thé pour vous réchauffer ?

— J'aimerais beaucoup du thé. (La femme souleva la vasque d'argile et s'attarda un moment à toucher le porte-bonheur qu'elle contenait.) C'est très beau, dit Phoebe, saisissant au passage l'opportunité de l'interroger. Je veux parler du porte-bonheur, d'où le tenez-vous ?

Un voile de tristesse apparut dans le regard de Prudence. Se détournant de Phoebe, elle plaça la vasque et le charme sur une petite table, contre le mur de la pièce, entre deux bougies.

Cela ressemble pratiquement à un autel de sorcière, pensa Phoebe.

— Ce porte-bonheur appartenait à ma mère, répondit finalement Prudence.

Sa mère ? Melinda Warren était sa mère ? Est-ce possible ? se demanda Phoebe. Elle se repassa les dates dans la tête. Si Prudence était née peu de temps avant que Melinda soit tuée, en 1654, Prudence avait au moins vingt-deux ans, et cela faisait d'elle l'ancêtre de Phoebe... et l'homonyme de Prue.

Mais il était possible que Prudence mente au sujet de la façon dont elle avait hérité du porte-bonheur. Phoebe ne pouvait être sûre de rien pour l'instant. La grande réunion de famille n'était pas pour tout de suite, trop d'incertitudes subsistaient encore.

— Cela devrait vous suffire jusqu'à demain, annonça Hugh, entrant les bras chargés de bûches.

(Il les plaça sur le côté du foyer.) Ah ! je vois que vous avez fait connaissance. Je vais vous préparer du thé.

Utilisant une fourchette en bois, il souleva la bouilloire et la déposa sur le sol de terre battue.

— Non, pas pour moi, dit promptement Prudence. Pardonnez-moi, mais je ne peux plus supporter la tisane de racines.

— Mais vous le devez, insista-t-il. Je ne veux pas que vous tombiez malade comme les autres.

— Vous êtes trop gentil, monsieur Montgomery, murmura Prudence.

Il traversa la pièce et lui toucha gentiment la main.

— Vous êtes la plus gentille, dit-il à Prudence.

Comme c'est romantique, pensa Phoebe. Puis elle fronça les sourcils. Attends une minute : ces beaux yeux gris ne clignaient-ils pas pour moi, un moment plus tôt ?

Elle respira profondément, essayant de retrouver des idées claires. Lorsqu'il s'agissait de vibrations amoureuses, elle était fière de pouvoir se mettre rapidement sur la bonne fréquence.

Remarquant que Phoebe observait la conversation, Prudence rougit, et s'éloigna de Hugh.

— Oh ! vous êtes vêtue de la cape de Hugh, ma pauvre chérie. Il doit bien y avoir quelque chose dans mon coffre qui vous irait. Je dois au moins vous trouver une robe.

Hugh enserra la main de Prudence, l'attirant près de lui :

— J'ai dit à Phoebe que vous étiez une âme généreuse, particulièrement envers les infortunés qui n'ont nulle part où aller. Phoebe est une de ces personnes. Auriez-vous le cœur de lui permettre de rester un moment ? Elle pourrait vous rendre service en accomplissant quelques tâches ménagères.

— Bien sûr, nous ne renverrions jamais un être dans le besoin, dit Prudence, les yeux bleus débordant de gentillesse.

Ils ressemblaient tant à ceux de Prue : francs, calmes, pleins de compassion. Cela donnait plus encore à Phoebe l'envie de rentrer à la maison.

— Avant tout, dit Prudence, je dois aller chercher une robe pour Phoebe.

Elle disparut par une ouverture de porte à l'arrière de la salle commune.

Pendant ce temps, Hugh installa quelques grandes tasses de terre cuite et versa l'eau de la bouilloire. Ensuite, il prit un étrange assortiment de racines séchées qu'il mit dans un morceau de tissu fin dont il fit un sachet en le liant après l'avoir plié.

— Que faites-vous ? s'enquit Phoebe.

— De la tisane de racines pour Prudence, dit-il, immergeant le sachet dans une des tasses. Vous en voulez ?

Une odeur déplaisante se dégagea, semblable à celle d'une paire de chaussettes mouillées, tandis que les racines infusaient.

— Non, merci. Je préfère le thé.

— Prudence a besoin de son infusion de racines, continuait Hugh, prenant une pincée de feuilles de thé dans un petit sac de tissu. Il y a eu une terrible maladie dans un village voisin, et Prudence, qui est fragile, y a été exposée. La tisane de racines éloigne la maladie.

Si l'odeur ne vous rend pas malade d'abord, pensa Phoebe.

Hugh posa une grande tasse de thé devant elle, et Phoebe ajusta la cape de façon à pouvoir sortir une main pour la prendre.

Tandis qu'elle se disposait de façon appropriée, elle remarqua les yeux de Hugh fixés sur elle, sa bouche laissant paraître un léger sourire.

— Ma cape n'a jamais été aussi honorée, dit-il, à couvrir de si précieux atours.

Levant un sourcil, Phoebe lui lança un regard sceptique. Ce type la draguait ouvertement ! Quel était son plan ? Etait-il ou non amoureux de Prudence ?

— J'ai trouvé deux robes qui devraient vous aller, mais vous devez choisir, annonça Prudence, apparaissant à la porte. Venez voir.

Lançant un regard sévère à Hugh, Phoebe se leva et serra la cape si fort qu'elle dut pratiquement sautiller pour atteindre la pièce arrière. C'était une chose de tomber dans les bras d'un sauveteur aux yeux gris acier, c'en était une autre de marcher sur les plates-bandes de quelqu'un, particulièrement si cette personne pouvait fort bien être votre ancêtre.

A l'intérieur de la chambre, Prudence avait étendu deux robes : une noire et grise, l'autre d'un bleu marine si sombre qu'elle paraissait presque noire. Laquelle prendre ? se demanda Phoebe. Finalement, elle convint avec Prudence que la bleu marine était celle qui lui allait le mieux.

Prudence sortit de la pièce, et revint avec une bouilloire et une cruche. Mélangeant l'eau chaude avec l'eau froide dans une large vasque, Prudence dit :

— Vous pouvez utiliser ceci pour vous laver.

— Merci pour tout ce que vous faites.

— Ce n'est rien, vous êtes la bienvenue, lui assura Prudence. Je serai de retour pour vous aider dans quelques instants.

Phoebe prit le morceau de tissu que Prudence lui avait laissé et commença à nettoyer son corps nu tout couvert de poussière par le fait de s'être accroupie par terre, au milieu du village. Un autre compte à régler avec ce démon, lorsqu'elle s'attaquerait à lui.

Phoebe examina les vêtements que Prudence avait étendus sur le lit : une liquette et une combinaison longue, les deux faites de mousseline grossière, et des bas de laine épais. Bon, ils allaient sûrement gratter, mais c'étaient vraiment des sous-vêtements.

Puis elle enfila la robe bleu marine et se regarda, étonnée. La robe lui moulait bien les épaules, mais la taille était plutôt large.

Prudence avait-elle porté cette robe, lorsqu'elle était enceinte de Cassandra ? Super, pensa Phoebe, des vêtements de maternité !

La porte de la chambre s'ouvrit soudain, et Prudence entra, une aiguille et du fil à la main.

— Tournez-vous, dit-elle avec un sourire. Je vais reprendre un peu la taille.

— Merci.

Phoebe s'exécuta et enserra l'épaisse colonne du lit à baldaquin pour se stabiliser.

Prudence balbutia :

— Qu'est-il arrivé à vos doigts ? demanda-t-elle

— Mes doigts ?

Phoebe lâcha la colonne et examina ses doigts : ils lui paraissaient parfaitement normaux.

— Non, l'autre côté. (Avec délicatesse, Prudence lui retourna les mains.) Vos ongles saignent.

Un instant durant, Phoebe ne comprit pas. Sa manucure ! Personne ici ne savait ce que c'était. Prudence n'avait jamais vu de brillants ongles rouges.

— Ils ne saignent pas, lui assura Phoebe. Ils sont... peints.

Mais devant la perplexité de Prudence, elle improvisa.

— J'aidais à peindre une porte rouge et me suis couvert les mains de peinture. Je me suis lavé la peau, mais pas les ongles.

Prudence la dévisagea, ébahie.

— Etes-vous sûre que cela ne vous fait pas mal ?

— Vraiment sûre, dit Phoebe tout en pensant qu'elle devrait cacher ses mains aux villageois.

— Très bien, alors, laissez-moi vous aider à vous habiller.

Tandis que Prudence formait quelques plis au niveau des hanches, elle discuta à propos de Cassandra et de l'aide considérable que Hugh lui apportait depuis son arrivée à Salem.

Propre et convenablement vêtue, Phoebe commença à se sentir mieux. Elle avait eu de la chance d'entrer en sympathie avec Prudence, qui lui paraissait être une femme chaleureuse et compétente. Etes-vous mon arrière, arrière, arrière, arrière-grand-mère ? se demandait-elle tandis que Prudence s'efforçait de coiffer ses cheveux en un chignon.

Phoebe espérait tellement que ce soit vrai, parce que cela voudrait dire que Prudence était aussi une sorcière. Elle saurait comment manipuler les villageois hostiles. Et pour une autre raison encore – les yeux de Phoebe s'agrandirent à cette pensée –, *Le Livre des Ombres* devait avoir été transmis à Prudence par Melinda, ici même, dans cette maison.

Phoebe sentit son cœur battre plus vite. Peut-être pourrait-elle finalement sortir de cette situation.

— Voilà, dit Prudence en posant la brosse. Vos cheveux sont à nouveau propres et la robe vous va très bien. Y a-t-il autre chose dont vous ayez besoin ?

— Juste un peu d'aide pour éliminer un démon, murmura Phoebe.

Elle pensait au futur : si elle lui révélait sa vraie identité et disait tout au sujet du démon, Prudence pourrait sans doute l'aider. Peut-être connaissait-elle un sortilège qui lui permettrait de repousser ce démon et de retourner au XXIe siècle ?

— Il y a quelque chose que vous devez savoir, commença Phoebe, son cœur palpitant d'excitation alors qu'elle s'asseyait sur le lit, faisant face à Prudence. C'est à propos de moi... Qui je suis.

Prudence s'assit à côté de Phoebe.

— Oui, Phoebe ?

Par quoi commencer ? s'interrogeait Phoebe, plongeant dans les yeux bleus de Prudence qui la fixait de son regard curieux.

— C'est toute cette histoire à propos des voleurs, commença-t-elle.

Prudence pencha la tête d'un côté, tout ouïe.

— Je ne suis pas vraiment...

L'importance de la confession bloqua Phoebe au milieu de la phrase. L'enjeu lui paraissait trop grave pour tout avouer : et si Prudence était une puritaine typique de Salem, le genre de personne qui croit que les sorcières doivent être condamnées à mort ?

— S'il vous plaît, allez-y, l'encouragea Prudence, lui serrant gentiment l'épaule. N'ayez pas peur.

Mais Phoebe ne put s'y résoudre ; au lieu de parler elle se toucha le front, murmurant :

— Voilà ! Je ne suis pas sûre du tout des détails de mon passé, peut-être à cause de ce coup sur la tête. C'est effrayant. En attendant que les choses s'arrangent, cela m'aide réellement de savoir que je peux rester ici. Merci.

— Vous êtes la bienvenue, répéta Prudence, lui tapotant l'épaule avec douceur. Je crois que nous allons devenir de bonnes amies, Phoebe Halliwell.

Ne t'attache pas, songea Phoebe, parce que si les choses se déroulent selon mes plans, je m'en vais d'ici à la prochaine fissure dans le temps.

— Ce doit être bien pénible de perdre la mémoire, la plaignit Prudence. Particulièrement parce que ce sont les actes de notre passé qui façonnent notre avenir.

A ces mots, Phoebe se redressa. Elle avait vu suffisamment de films sur le voyage dans le temps pour donner raison à Prudence. Elle savait ce qui risquait d'arriver si elle n'agissait pas de la bonne manière : elle changerait le cours du futur – le futur où ses sœurs vivaient en ce moment même !

Ses sœurs. Elle regrettait qu'elles ne soient pas là pour l'aider. Elles étaient si loin... Et d'un seul acte maladroit, elle pouvait effacer leur existence même.

CHAPITRE 6

L'odeur du chèvrefeuille et de l'herbe qui repoussait emplissait l'air. Au loin, les oiseaux pépiaient tandis que Phoebe se retournait dans le lit. Tous ces signes indiquaient qu'un beau matin de printemps débutait.

Aïe, ce n'était vraiment pas son lit. Sur quoi dormait-elle – un sac de maïs ?

En ouvrant les yeux, elle se rappela à quel point elle se trouvait loin des siens. Phoebe, tu n'es plus à San Francisco, se répétait-elle tandis qu'elle se soulevait en s'appuyant sur un coude. Tu es dans la chambre de Prudence Wentworth, étendue sur une paillasse, dans un autre siècle.

Remuant les pieds sous la couverture, elle regretta de ne pas être à la maison, entre les draps fins de son lit. Elle aurait à faire un long voyage avant que cela puisse arriver de nouveau. Et l'aventure commençait par trouver le démon et l'éliminer. Le fait qu'il se soit arrangé pour la transporter dans le passé était la preuve qu'il représentait un danger majeur. De plus, en l'arrachant à son époque, il essaierait sûrement de l'empêcher d'y retourner, sauf si elle l'éliminait au préalable. A ce moment seulement, elle pourrait rentrer chez elle – si son chez-elle existait toujours. Pas d'urgence, pensa-t-elle, tout en étirant ses jambes et en bâillant.

Phoebe nota que les deux lits de la chambre, celui en bois où Prudence dormait et le lit d'enfant que Cassandra utilisait, étaient vides. Elle avait de la chance.

La nuit dernière, tandis qu'elle s'endormait, Phoebe avait imaginé un stratagème qui ne laisserait planer aucun doute sur la vraie nature de Prudence, et qui consistait dans un premier temps à trouver *Le Livre des Ombres* dans la maison. Si Prudence était bien la fille de Melinda Warren, le livre devait se trouver ici.

Elle se leva rapidement afin de le chercher, se retrouvant sur le sol de terre battue, humide et froid, où elle sauta à cloche-pied, toute frissonnante. Finalement, elle saisit un châle posé sur le bord du lit de Prudence et s'enveloppa les épaules. Soulevant le matelas, elle regarda sous le lit, puis autour. Rien. Elle se dirigea vers une commode. Elle soulevait une pile de linge en lin dans un tiroir lorsqu'elle entendit des voix dans l'autre pièce.

— Phoebe ? appelait Prudence.

Son visage s'empourpra. Elle remit vite en place les vêtements dans le tiroir, le ferma, et se retourna.

— Je viens, répondit-elle.

Elle chercherait le livre à un autre moment.

— Bonjour à vous ! lança Hugh de sa voix chaleureuse.

De nouveau vêtue de la robe de Prudence, Phoebe entra dans la pièce commune. Hugh se tenait près du feu, buvant une tasse de thé, tandis que Cassandra, assise à la table, formait patiemment une pelote d'un enchevêtrement de fils de laine. Sa mère ouvrait une plaque d'acier et en retirait deux épaisses tartines de pain qui avaient grillé sur le feu.

— J'ai déjà nourri les poules, ramassé le maïs et trait les vaches, dit Hugh, en faisant un clin d'œil à Phoebe. Tout cela avant que vous ouvriez vos yeux bruns.

Son sourire insolent dérangeait Phoebe. Il lui faisait encore des avances, et cette fois, devant Prudence !

Choisissant de l'ignorer, elle se tourna vers Prudence, qui lui préparait une tartine grillée couverte de pommes cuites.

— Il blague, n'est-ce pas ? demanda Phoebe tout en s'asseyant, et en entamant l'épaisse tartine de pain. Vous n'avez pas de vaches, n'est-ce pas ?

— Mais si, rétorqua Prudence, sans un soupçon de sourire, mais le maïs ne sera pas récolté avant juillet ou août. (Elle prit un pichet d'eau et le remplit.) Nous avons besoin de plus d'eau, soupira-t-elle.

— Asseyez-vous, Prudence, dit gentiment Hugh. Finissez votre tisane de racines. Phoebe peut aller chercher l'eau.

— Il y a plein de tâches ménagères que Phoebe va pouvoir faire, lança Prudence. Et dormir tard le matin n'est pas l'une d'entre elles.

Ouaouh ! pensa Phoebe. Quel changement depuis hier, lorsque Prudence lui disait : « Vous avez besoin de vous reposer. »

— Mmmoui ! Je peux aller chercher de l'eau, proposa-t-elle en mâchant une bouchée de toast.

Elle ne comprenait pas pourquoi Prudence était de si mauvaise humeur, ce matin, mais elle ne voulait pas laisser empirer les choses. Personne ne dit mot, tandis qu'elle attrapait deux seaux de bois et se dirigeait vers la porte, son toast à la main.

Dehors, le soleil réchauffait déjà le sol humide. Elle fit deux pas, s'arrêta, puis retourna à la cabane de rondins. Poussant la porte, elle dit fortement :

— Au fait, où est-ce que je vais trouver de l'eau ?

— Au ruisseau, répondit Hugh ; passez le poulailler, prenez la direction de l'étable, descendez la colline et après les rochers.

— D'accord, dit-elle, s'en retournant une seconde fois.

Misère ! Cette vie de colon comportait vraiment des inconvénients.

Les indications de Hugh étaient faciles à suivre, et Phoebe put finir son toast tout en descendant la colline, mais une fois les seaux remplis d'eau, elle peina à remonter le chemin. Ses mains lui faisaient mal, l'eau giclait sur le bord de sa robe, les muscles de ses bras commençaient à être douloureux, lorsqu'un son lui parvint derrière son dos.

Regardant par-dessus son épaule, Phoebe vit le démon hideux qui l'avait amenée là, à quelques pas d'elle, son horrible peau verte suintant au soleil.

Phoebe posa les seaux et trébucha en arrière.

— Je vous ai fait peur, marmonna-t-il avec un sourire baveux.

— Oui, c'est un peu rude de surgir dans le dos de quelqu'un qui porte des seaux d'eau.

En vérité, elle était morte de frayeur et tremblait de tous ses membres. Mais cette rencontre représentait l'opportunité qu'elle attendait, celle d'éradiquer ce démon pour toujours. Seulement, elle n'était pas prête. Elle ne connaissait ni envoûtement ni malédiction, et n'avait même pas un bâton pour le combattre.

— N'ayez pas peur, gronda le démon. (Sa chair putride frémissait, tandis qu'il parlait.) Je ne vais pas vous blesser. En tout cas, pas maintenant. J'ai un plan à long terme qui est bien plus efficace.

— Je l'aurais parié !

— Je plante les graines en cet instant précis, expliqua-t-il. Des graines qui vont prendre racine et faire pousser une plante grimpante et vénéneuse, quelque chose de vicieux qui vous procurera de la douleur et vous torturera, vous et toutes les futures générations de votre famille, lâcha-t-il, laissant ses mots produire leur effet douloureux. Avant que j'en aie fini, vous serez toutes des créatures du mal !

Phoebe pensa immédiatement à ses sœurs, à leur mère et à Grams. Est-ce que ce diable des bas-fonds pouvait vraiment mettre à exécution toutes ses turpitudes ? Avait-il la possibilité de pervertir des générations de femmes de sa famille ?

— A la fin, *je vous détruirai*, prononça-t-il. Lentement, méthodiquement.

Luttant contre un frisson de peur, Phoebe recula. Elle n'allait pas être assez stupide pour le sous-estimer une fois de plus.

Le grondement qui émergea de l'intérieur de son corps fit palpiter violemment le cœur de Phoebe. Il pointa un doigt vert et tordu dans sa direction. Avec un sifflement, une ligne de feu s'abattit à ses pieds. Les flammes l'avaient manquée, mais elle pouvait sentir leur chaleur surnaturelle à travers le cuir des bottes de Prudence.

— Je croyais que vous ne me causeriez aucun problème aujourd'hui, lui rappela-t-elle.

— Je mentais.

Ce disant, il pointa son doigt par-delà Phoebe, vers le sommet de la colline. Tel un tireur d'élite, il lança un trait de feu dans une botte de foin située près de la petite grange de Prudence.

La jeune femme, horrifiée, regardait les flammes qui embrasèrent immédiatement le petit monticule de foin. Elle courut vers la cime de la colline, à l'instant où un brandon se séparait du tas, vite emporté par la brise du matin.

Le vent activa les flammes, faisant rouler les cendres droit vers l'étable. Phoebe s'immobilisa, puis se décida à aller chercher ses deux seaux d'eau. Son regard se porta vers une escarbille que le vent dirigeait vers le toit de l'étable.

Le toit de *chaume*.

C'était affreux ! Chaque édifice de la propriété de Prudence se composait d'un toit de chaume et de murs de bois, réalisa Phoebe, des matériaux parfaits pour un feu de joie. Si elle ne tentait rien, tout de suite, tout ce que Prudence possédait disparaîtrait en quelques minutes !

Son cœur lui martelait la poitrine, tandis qu'elle luttait pour porter les lourds seaux d'eau. Si seulement elle pouvait figer le temps comme Piper, jusqu'à ce qu'elle étouffe ce feu ! Le vent ne l'aidait pas. Il semblait prendre ses ordres directement du démon. Dans un souffle, il emporta les braises brûlantes directement sur le toit de chaume de la grange. Les yeux de Phoebe s'agrandirent d'horreur. Non ! cria-t-elle, se forçant à courir. Mais hurler contre le feu se révélait aussi inefficace que hurler contre ce démon.

Les muscles de ses épaules et de ses biceps la brûlaient comme un fer rouge. Une fumée noire s'éleva de l'herbe sèche, irritant ses yeux et sa gorge. Toussant, elle battait des paupières, les yeux pleins de larmes. Elle pouvait sentir la chaleur suffocante sur son visage et ses mains. Pourtant, elle se força à continuer sa progression vers l'étable.

Phoebe sauta en arrière tandis que de la paille s'enflammait près de ses pieds, à quelques centimètres de la longue robe bleu marine. A ce moment, la porte du cottage s'ouvrit. Prudence et Hugh se précipitèrent dehors, puis s'immobilisèrent, saisis par la vue du feu qui progressait rapidement.

— C'est vous qui avez fait cela ! cria Prudence à Phoebe.

Son visage exprimait de la rage, et ses yeux lançaient un regard assassin.

Phoebe secoua la tête, furieuse, mais ce n'était pas le moment de se lancer dans des explications.

— Reste au loin, horrible fille, vociféra Prudence, lui arrachant un seau d'eau de ses mains douloureuses. Reste loin de ma propriété !

Elle vida le seau sur une botte de paille qui brûlait près de l'étable. Puis, se retournant vers Phoebe, elle se précipita pour attraper quelques outils appuyés contre le mur. Hugh avait vite réagi, utilisant une fourche pour évacuer la paille enflammée du toit. Phoebe se pressa pour l'aider tandis qu'il enlevait un pan entier de chaume qu'il jeta sur le sol. Suivant les instructions de Prudence, Phoebe s'empara d'une pelle et l'aida à combattre les flammes.

Tandis qu'ils s'activaient, Phoebe remarqua que d'autres braises avaient roulé contre l'étable, mettant le feu au bois. Elle attrapa le second seau d'eau et le souleva. Elle réalisa alors qu'atteindre la source du feu impliquait qu'elle devrait aller au cœur même des flammes.

Fais-le vite, se dit-elle. Tenant les yeux fermés pour se protéger de la fumée, elle se pencha en avant et vida le lourd seau d'eau. Pendant un instant, elle sentit la chaleur torride sur sa peau et l'étoffe de sa robe roussir. Le seau vide toujours en main, elle courut hors du feu.

— Nous avons besoin de plus d'eau ! cria Prudence.

Toussant et haletant, Phoebe courut vers le ruisseau remplir le seau, et le rapporta, continuant d'aller chercher de l'eau jusqu'à ce que le feu soit sous contrôle.

Phoebe battait des paupières. Le sinistre était maîtrisé et l'étable sauvée. Soulagée, elle alla vers Prudence, qui tremblait de rage.

— Etes-vous devenue folle ? tempêtait Prudence, envoyant d'un coup de pied un seau vide aux pieds de Phoebe. Je vous ai envoyée chercher de l'eau et vous avez mis le feu à la grange !

— Je n'ai pas mis le feu à la grange, rétorqua Phoebe. Et je me suis pratiquement blessée en essayant de l'éteindre.

Elle aurait souhaité ne pas paraître autant en colère, mais ses nerfs étaient à vif.

— Je suis sûr que c'était une erreur, dit Hugh, se tenant les mains comme un prêcheur. Patience, chère Prudence. Que pouvons-nous espérer d'une femme si simple d'esprit qu'elle ne se rappelle même pas son passé ?

Phoebe ne savait quelle interprétation donner à ces paroles. D'un autre côté, que pouvait-elle dire pour sa défense ? A moins d'être certaine que Prudence soit une sorcière, parler de démons n'était pas une bonne idée dans la Salem du XVIIe siècle.

— Une simple d'esprit, vraiment, continua Prudence, posant la pelle contre le côté de la grange. (Elle repoussa en arrière une mèche de cheveux blonds, qui s'était détachée de sa coiffure. Ses yeux bleus exprimant une froideur glaciale fixaient Phoebe.) Une erreur de plus, et ce sera vous qui brûlerez, Phoebe Halliwell.

Regardant Prudence marcher en direction de la maison, Phoebe soupira. Il y avait quelque chose qui ne collait pas avec cette femme. De bonne humeur ou pas, elle apparaissait totalement différente de la personne gentille et généreuse qui l'avait pratiquement adoptée hier.

— Vous êtes la bienvenue, murmura Phoebe, piétinant une braise rougeoyante.

Elle attrapa un râteau pour en repousser quelques-unes, toujours vives, loin de l'étable.

— Ne faites pas attention à ce qu'elle dit, la rassura Hugh.

Phoebe était penchée sur son râteau, lorsqu'elle le sentit s'appuyer contre elle. Il passa son bras autour de sa taille, tout en se courbant pour lui chuchoter à l'oreille :

— Une jolie jeune chose telle que vous ne devrait pas avoir à éteindre des braises.

— Pardon ? fit Phoebe en se tortillant pour se dégager de son étreinte. Que pensez-vous être en train de faire ?

Elle ne pouvait croire qu'il lui saute dessus de cette façon, à peine Prudence hors de vue.

Les yeux de Hugh se fixaient sur son corps, donnant à Phoebe encore plus envie de lui échapper. Ce type était un pot de colle, ou quoi ?

— Vous jouez la difficile, ironisa-t-il avec un large sourire. Le jeu fait partie du plaisir, n'est-ce pas ? Mais vous n'avez pas à être prude avec moi. Ne nous connaissons-nous pas très bien ? Mes yeux n'oublieront jamais que je vous ai vue nue au milieu du village, admirant chaque parcelle de votre peau douce et tendre.

— Il serait peut-être temps que vous ayez une petite amnésie temporaire, dit Phoebe, en reculant.

Ses doigts agrippèrent le râteau, avec une féroce envie de le lever et de donner à Hugh un coup bien mérité à la tête. Du calme, ma fille, réfléchit-elle. Il est le dernier de tes soucis pour l'instant. Finalement, elle adopta un ton moins agressif :

— Vous savez, je crois que Prudence est vraiment bouleversée pour le moment. Pourquoi n'allez-vous pas la réconforter ? Faites-lui une tisane de racines odorantes, ou quelque chose d'autre.

— Excellente idée, admit Hugh d'un air entendu. Nous devons rendre Prudence heureuse, si nous voulons qu'elle nous permette nos petits jeux.

Le seul jeu auquel nous allons jouer, espèce de ver de terre, c'est à cache-cache ! pensa Phoebe. Et bonne chance pour me trouver.

L'air plein d'espoir, Hugh se retourna et se dirigea vers le cottage.

Une fois un problème résolu, un autre se profilait dans l'ombre. Phoebe s'appuya sur son râteau et scruta l'horizon. Où ce démon se pointerait-il la prochaine fois, et quel était son plan, exactement ?

Quelque mal qu'il veuille faire, elle avait acquis la certitude qu'elle devait l'arrêter. Avant qu'il ne la retrouve.

CHAPITRE 7

Prue flanqua un billet de vingt dollars dans la main du livreur et lui claqua la lourde porte d'entrée au visage. Elle ne faisait plus du tout preuve de patience, quand il s'agissait de politesses telles que dire bonjour et au revoir.

Elle se précipita dans la cuisine, prête à dévorer la nourriture. Il lui semblait que, ces temps-ci, elle était en permanence affamée. Cela se rapportait sans doute au sentiment de vide qu'elle éprouvait depuis la disparition de Phoebe, quelques jours plus tôt. Dommage que l'odeur qui s'échappait des sachets ne soit pas plus appétissante.

— Qu'as-tu commandé ? lança-t-elle à Piper qui, assise à la table de la cuisine, feuilletait un livre de cuisine.

— Je t'ai dit que je commandais des plats chinois.

— Et je t'ai répondu que je n'étais pas d'humeur à manger chinois.

Prue jeta les sacs sur la table et croisa les bras, furieuse.

— Non, rétorqua Piper, tu as dit que tu ne voulais pas de quelque chose de doux et aigre. Ceci est chaud et aigre. Il y a une petite différence.

— Peu importe.

Prue tira violemment le tiroir de la cuisine, qui sortit de sa coulisse et tomba par terre. Les couverts en argent s'entrechoquèrent sur le sol.

— Je t'avais dit que ce tiroir était cassé.

— Et je t'ai dit de le faire réparer ! répliqua Prue. (Elle passa par-dessus le tiroir, donna un coup de pied dans une pile de cuillères, et s'assit à la table.) Qui a besoin de couverts quand des baguettes font aussi bien l'affaire ? dit-elle en sortant une paire d'un des sacs.

— Vas-tu ranger tout cela ?

Ouvrant une boîte de riz chaud, Prue haussa les épaules.

— Quel intérêt ? Le tiroir est cassé.

— Le tiroir est cassé, reprit Piper, mimant sa sœur en grimaçant. Alors, on peut tout laisser comme ça ?

— Pourquoi se disputer à propos de n'importe quoi ?

Prue mordit dans un nem craquant. Les jours passés s'étaient déroulés en une suite de querelles mesquines entre les sœurs, et Prue en devenait malade. Piper devrait cesser de se comporter comme une petite grincheuse geignarde.

— Qu'est-ce qui ne va pas chez toi ? demanda Prue.

— Rien, lâcha-t-elle, plantant ses baguettes dans un morceau de poulet kung pao. (Elle grignota la nourriture, puis jeta ses baguettes.) C'est-à-dire *tout*. Tout va de travers, non ?

Prue se lécha les doigts. Piper pouvait se montrer si mélodramatique quand elle le voulait.

— Rien de neuf, là-dedans. Les choses ne tournent jamais rond pour la pauvre, pauvre Piper, n'est-ce pas ?

— Arrête ! Tu sais bien qu'on ne cesse pas de se disputer depuis que Phoebe a disparu.

— C'est vrai, admit Prue.

Non que ce fût sa faute, mais qui était supposé ramasser les morceaux et les recoller ?

Toujours et encore, Prue était celle des trois sœurs Halliwell qui se révélait le plus douée pour résoudre les problèmes. Mais à présent, elle en avait par-dessus la tête de faire tout le travail.

— Tu sais, déclara Piper, tout ce bazar a commencé par ta faute. C'était toi qui voulais t'acheter une nouvelle paire de bottes. Tu aurais pu choisir un autre jour, non ? Si tu l'avais fait, rien de tout cela ne se serait produit !

— Moi ? (Prue eut subitement envie d'envoyer les nouilles froides au sésame sur le chemisier de sa sœur.) Oh, bien sûr, c'est ma faute aussi si tu n'as pas pu rester debout lorsque ce sorcier t'a balancé ce cageot de bois ?

— Ça n'avait rien de grave ! insista Piper. Tu aurais dû suivre Phoebe.

Prue lança un regard furieux à sa sœur.

— N'imagine surtout pas une seconde que tu vas me faire porter le chapeau, Piper, parce que je ne veux pas être tenue pour responsable de ce qui s'est passé, d'accord ?

Elle se leva de table et se dirigea vers le comptoir, dispersant l'argenterie en marchant dessus.

— Que t'arrive-t-il ? articula Piper d'une voix tremblante. Pourquoi es-tu si dure ?

Oh ! s'il te plaît ! pensa Prue. Si Piper fondait en larmes une fois de plus, elle allait se mettre à hurler. Il n'était pas facile de vivre avec Mademoiselle Sensible. Ces jours-ci, Piper semblait uniquement capable de gémir sur le sort de la pauvre Phoebe. Prue était tout aussi inquiète à son sujet, mais tandis que Piper pansait ses blessures, elle se sentait plus encline à saisir une épée et à passer à l'attaque.

— C'est si horrible, se lamenta Piper d'une voix plaintive. Je ne peux plus me concentrer sur mon travail. J'arrive à peine à travailler. Le club m'apparaît comme un magma de bruits assourdissants et de visages flous. Tout ce à quoi je pense, c'est à Phoebe et à la façon dont nous l'avons laissée aller là-bas... on ne sait où. (Elle poussa un carton de nourriture et posa sa tête sur la table.) Je ne peux vivre ainsi.

Prue sentit sa colère s'évanouir. Voir Piper brisée par l'émotion lui était insupportable. Elle posa son repas sur le bar.

— Ecoute, dit-elle d'une voix plus gentille, nous allons faire revenir Phoebe. Il doit bien y avoir quelque chose à tenter.

Piper soupira.

— Nous avons fait des recherches dans *Le Livre*

des Ombres jour et nuit. Je ne pense pas qu'il existe une formule pour trouver quelqu'un qui se trouve sous l'emprise du sortilège d'un sorcier.

— J'aimerais mettre la main sur ce sorcier, fulmina Prue, de nouveau en colère. (Elle retourna à la table et prit un autre nem. Elle le pointa en direction de Piper, déclarant :) Tu abandonnes trop facilement. Nous devons retourner consulter le livre.

— D'accord, dit Piper en levant la tête. Et te voilà de nouveau me commandant. Ne peux-tu pas t'en empêcher ?

Prue trempa le nem dans une sauce épicée et se retourna.

— Non, commenta-t-elle d'une voix plate. Viens, allons au grenier.

Elle monta les marches, sa sœur se traînant derrière elle. Cette fille pouvait tout laisser tomber en un rien de temps. En fait, Piper pouvait être aussi facilement déprimée, assise dans le grenier, qu'à la cuisine.

Prue mâchait toujours son nem lorsqu'elle ouvrit *Le Livre des Ombres*. Zut, une empreinte graisseuse apparut sur l'une des pages ; en temps normal, ce genre de détail l'aurait embêtée, mais aujourd'hui, non. Après tout, une jeune femme devait bien manger. Elle s'essuya les mains sur son jean et continua à feuilleter le livre.

Piper s'écroula sur une chaise située près d'une vieille machine à écrire et gémit :

— C'est sans espoir.

Prue foudroya sa sœur du regard, puis se replongea dans le livre.

Elle tomba sur un sortilège visant à apprivoiser les animaux. Quelque chose dans son contenu lui parut étrange. Prue cligna des paupières en regardant les mots. Ils semblaient flotter devant ses yeux.

— Ce n'est pas possible, murmura-t-elle.

— Qu'est-ce qui n'est pas possible ? demanda mollement Piper.

— Ce sortilège, il est en train de changer.

Elle regarda les lettres s'étirer et rétrécir, puis s'ordonner en un nouvel ensemble de mots.

— Il change ? Comment ?

Prue fixa le livre.

— Lorsque j'ai ouvert cette page, le sortilège s'intitulait : « Pour dresser les bêtes », mais, maintenant, il porte l'inscription : « Pour mutiler les animaux. »

— Tu te surmènes trop, avança Piper.

— *Mutiler* les bêtes ! répéta Prue. C'est bizarre.

— Quoi donc ?

— Rien. Ne t'en fais pas, dit Prue pour faire taire sa sœur.

Elle ne se sentait pas d'humeur à épiloguer avec Mademoiselle Plaintive. Son doigt parcourut la page, s'arrêtant net sur le mot *sorcier*. Elle retint sa respiration un moment tandis qu'elle lisait la formule magique. Oui ! Oui !

— Ça y est, annonça Prue. (Elle montra du doigt le texte.) Regarde, Piper ! C'est parfait !

Phoebe renifla la poussière et écarta les plumes qui s'élevaient en l'air, tandis qu'elle balayait vigoureusement le poulailler. C'était sa énième tâche ménagère de la journée et une des plus sales jusque-là. Qui savait que ces bêtes gloussantes pouvaient être si stupides ? pensa-t-elle. Elle donna des coups de pied dans plusieurs de ces volatiles pour les faire dégager, afin de pouvoir finir son travail.

Toute la journée durant, Prudence était entrée et sortie du cottage, tantôt conseillant à Phoebe de se reposer, tantôt lui intimant littéralement l'ordre de se remuer un peu plus. A chacun de ses passages, Phoebe découvrait une personnalité à double facette ; gentille et généreuse, puis méchante et hargneuse. Le comportement de Prudence la déroutait tant qu'elle en arrivait à se poser des questions sur la lignée de ses ancêtres.

Qui connaissait l'existence d'une forme d'aliénation mentale dans la famille ? pensa-t-elle.

Le poulailler balayé, elle alla chercher les poules pour les y ramener.

— Allez, les filles, le dortoir est propre, maintenant. La prochaine fois que vous voulez le salir, nettoyez-le vous-mêmes.

— Que faites-vous ? l'interpella Prudence depuis l'autre côté de la clairière. (Elle avait ensemencé le jardin avec Cassandra qui, maintenant, suivait sa mère à une distance respectueuse.) Est-ce que je ne vous ai pas dit de couper le bois avant de balayer le poulailler ? demanda Prudence, les mains aux hanches.

En fait, vous ne l'avez pas fait, voulut lui répliquer Phoebe, mais elle se mordit la langue. Pas la peine de s'opposer à la « méchante jumelle » de Prudence.

Phoebe se contenta de poser le balai contre le poulailler, et secoua la poussière de son tablier.

— Alors, où est le tas de bois ? demanda-t-elle.

Prudence montra l'arrière du cottage, puis se dirigea vers l'intérieur de la maison avec Cassandra.

Phoebe regarda ses mains ; elles étaient toutes rouges et couvertes d'ampoules. Elle sentit la fatigue dans ses jambes, sa gorge était sèche, et voilà qu'elle devait couper du bois ! Bon, en tout cas, cela lui ferait un bon entraînement pour l'aérobic !

Phoebe parcourut des yeux la forêt avoisinante avant de se diriger vers la pile de bois. Maintenant que le démon rôdait dans les parages pour l'inquiéter, elle devait être prudente, s'attendant à le découvrir, menaçant, dans chaque endroit sombre.

Avalant à peine sa salive, Phoebe grimaça de douleur. La gorge en feu et le besoin de boire impliquaient d'entrer dans le cottage et de risquer la colère de Prudence. Elle se devait pourtant de le tenter.

Poussant la porte, Phoebe épia Cassandra, blottie sur une chaise près de la cheminée, faisant une sieste. C'était le bon moment, sans doute.

Sur la table de la cuisine se trouvait une tasse de tisane de racines à demi vide.

Près de là, Prudence se tenait agenouillée près de la petite table, qui comportait les bougies et le bol en bois. Les cierges allumés créaient un halo de lumière orangée sur les cheveux de Prudence. Penchée sur un grand livre, les cheveux lui effleurant les joues, elle était immobile et tranquille, totalement absorbée par ce qu'elle y écrivait.

Tout en fermant la porte derrière elle, Phoebe jeta un coup d'œil au livre. C'était *Le Livre des Ombres*, et Prudence y ajoutait quelque chose.

Phoebe se rapprocha et lut le titre du sortilège qu'elle inscrivait : « Pour mutiler les bêtes. »

Mutiler ? Comme c'était étrange. Phoebe n'avait pas le souvenir d'aucun sortilège parlant de mutilation dans *Le Livre des Ombres*. Mais vraiment, quelle importance cela avait-il ? Le livre existait ici. Cela impliquait que Prudence était une sorcière et son ancêtre. Peut-être pourraient-elles travailler ensemble pour découvrir le sortilège qui bannissait le démon, et un autre pour renvoyer Phoebe chez elle.

Soulagée, Phoebe faillit s'écrouler sur le sol à côté de Prudence.

— Bénissez-moi, dit-elle doucement, se servant de la phrase traditionnelle utilisée par les sorcières à travers les siècles.

Prudence tressaillit, puis regarda Phoebe avec une expression de surprise.

— Quoi ? Pourquoi dites-vous cela ? fit-elle d'une voix haletante.

— Le livre, répliqua Phoebe, essayant de retenir le grand sourire qu'elle portait en elle. Je vois que vous écrivez dans *Le Livre des Ombres*. Je sais que c'est difficile à croire, mais je comprends, parce que...

— De quoi parlez-vous ?

Prudence ferma brutalement le livre, le serrant contre sa poitrine.

— C'est un livre de famille, des recettes qui viennent de ma mère.

— Il n'y a aucun problème, Prudence, lui assura Phoebe. Je connais les sortilèges et les pouvoirs. J'ai même...

— Il n'y aura aucune discussion sur ces mauvaises choses dans la maison, riposta vertement Prudence. (Toujours serrant l'ouvrage contre elle, elle souffla les bougies et s'écroula sur une chaise près de la grande table.) C'est un livre de recettes familiales, rien de plus.

Froids, cassants, sans appel. Les mots touchèrent Phoebe aussi durement que si on l'eût frappée avec la poêle en fonte qui reposait dans la cheminée. Pourquoi donc, chaque fois qu'elle faisait un pas en avant vers Prudence, était-elle systématiquement repoussée ?

Phoebe se releva et brossa le bas de sa robe. Elle devrait probablement retourner dans le froid et finir de couper le bois. Cela n'avait aucun sens de heurter encore plus Prudence. Mais maintenant qu'elle avait vu le grimoire, elle ne pourrait plus s'en éloigner. Il lui était si familier, comme un ami très cher. Elle mourait d'envie de le toucher, de chercher les sortilèges qui pourraient l'aider, mais cela pouvait lui valoir un sérieux retour de bâton.

Il lui parut plus judicieux de s'en emparer quand Prudence ne serait pas dans les parages pour protester. *Le Livre des Ombres* était là, c'était l'essentiel. Et si proche d'elle, juste à quelques mètres...

Fermant les yeux, Phoebe essaya de visualiser l'information qu'elle cherchait. Tout ce qu'elle voyait, c'étaient des images de lettres liées et de pages brunies sur les côtés.

— Je vous demande pardon, dit Prudence, mais n'avez-vous pas du bois à couper ?

— Si. Je suis juste venue pour boire quelque chose.

Phoebe reprit contact avec la réalité. Elle prit un pichet, se versa de l'eau, puis se désaltéra sans quitter Prudence des yeux.

Tu peux jouer la modeste avec moi, sœurette, pensa-t-elle, mais maintenant, j'ai vu le livre. Je le retrouverai plus tard, où qu'il soit, d'une manière ou d'une autre.

Peut-être, peut-être seulement, y découvrirait-elle le sortilège qui éliminerait le démon et qui pourrait lui faire retrouver ses sœurs.

Le plus difficile pour l'instant, c'était de mettre la main dessus.

CHAPITRE 8

— Un sortilège pour convoquer les sorciers ! s'exclama Prue. Je ne peux croire ne pas l'avoir vu avant.

Piper se leva, jeta un coup d'œil sur la page, puis haussa les épaules.

— Quel intérêt ?

Elle s'étendit sur un tapis de sol et fixa des yeux le plafond.

L'ignorant, Prue se mit à lire.

— Humm, murmura-t-elle. Si tu cherches un sorcier en particulier, la formule doit être prononcée là où il s'est manifesté pour la dernière fois.

Piper frissonna.

— D'une manière ou d'une autre, je ne crois pas que retourner dans ce passage soit la meilleure idée.

Prue fronça les sourcils.

— Voyons ce que dit d'autre cette formule magique.

Elle lut la liste des ingrédients listés sur la page. Cela comprenait toutes sortes de choses, depuis des épines de roses, en passant par des morceaux d'ongles et des bougies blanches. Par chance, il n'y avait rien de si exotique qu'il faille des jours pour le chercher. Sur la page opposée, le dessin d'un homme monstrueux, plié en deux, avec pour titre : *Potions et sorts pour chasser et anéantir les sorciers.*

— Oh ! il y a là également toute une liste sur la manière bien méchante de se débarrasser des démons, commenta Prue. J'aurais aimé trouver cela avant.

— Hé, Prue, je voudrais savoir quel est le lien avec Phoebe ? demanda Piper.

Soulevant *Le Livre des Ombres* de son support, Prue le porta contre sa poitrine pour l'apporter à sa sœur. Elle s'assit sur le sol du grenier, l'épais livre posé sur les genoux.

— Un démon a fait *quelque chose* à Phoebe. Qu'il lui ait jeté un sort ou l'ait expédiée à Tahiti, ce sorcier aux yeux jaunes a un rapport avec la disparition de notre sœur.

Piper lui jeta un regard furieux.

— Dis-moi quelque chose que je ne sache pas déjà...

— Eh bien, si un sorcier est la clé de la disparition de Phoebe, ne penses-tu pas que ce serait une bonne idée de le retrouver ? (Les ongles de Prue tapotaient la page ouverte du *Livre des Ombres*.) Cela est un sortilège de localisation.

— Super ! s'exclama Piper. Donc, nous trouvons cette ordure de sorcier qui a fait disparaître Phoebe, et après ? Nous le supplions de défaire son sortilège ?

Prue prit une longue inspiration pour se calmer.

— Non, expliqua-t-elle avec patience. Nous trouvons le démon et nous le *forçons* à nous dévoiler comment la faire revenir. Il est question là de la « destruction » du sorcier, qui représentera pour nous une arme majeure : ou il fait revenir Phoebe, ou il meurt.

La lueur d'intelligence qu'elle perçut dans les yeux bruns de Piper indiqua à Prue qu'elle avait enfin saisi.

— Quand commençons-nous ? s'impatienta Piper.

Prue sourit.

— De combien d'épines de roses penses-tu que nous ayons besoin pour remplir un quart de tasse ?

— Quelqu'un arrive ! chuchota Prue.

Elles s'étaient arrangées pour assembler en un éclair les ingrédients du sortilège et se trouvaient non loin de l'endroit où Phoebe avait disparu, attentives et sur leurs gardes tandis que l'appât s'approchait de l'hameçon.

Piper regarda l'homme en contrebas. Prue suivait son regard en plissant les yeux. Il avait l'allure d'un type ordinaire. Il commençait juste à gravir les marches taillées dans une des collines pratiquement verticales de San Francisco, et qui conduisaient à North Beach Alley. Les fins cheveux dans le cou de Prue se hérissaient. C'était comme si un signal lumineux s'allumait dans chaque cellule de son cerveau : Danger ! Démon approchant !

— Attention, nous ne devons pas l'effrayer, murmura Piper.

Une brise fraîche soufflait maintenant, accompagnée de légers nuages qui enveloppaient une importante partie de *Bay Bridge* avant de s'étendre dans le ciel. Prue prit une profonde inspiration. Bien que ne voulant pas l'admettre devant Piper, elle éprouvait un étrange sentiment d'anticipation. Quelque chose se produirait ce soir.

Elles allaient faire revenir Phoebe.

Prue gardait les yeux fixés sur l'escalier. Malgré l'unique lumière allumée au-dessus, elle ne parvint pas à voir le visage de l'homme, mais put distinguer qu'il portait une chemise noire et un trench-coat. Après avoir gravi quelques marches de l'endroit le plus raide, il s'arrêta, jeta rapidement un coup d'œil autour de lui, puis fit un geste en l'air de sa main droite, et disparut.

Une seconde plus tard, il réapparut à un tiers du sommet.

— Ça y est, il est monté en un clin d'œil. (Prue serra le bras de Piper.) C'est un sorcier.

Prue sentit un changement s'opérer chez sa sœur. Son corps s'était soudainement raidi sous la tension. Cela signifiait probablement qu'elle était prête à lutter.

— Oh, vous allez être si utile, dit Prue à voix basse, tandis que le sorcier se dirigeait vers elles. Vous êtes vraiment ce que nous avions demandé, je ne peux croire que le sortilège ait si bien marché.

— Eh bien si, fit Piper, reculant dans l'ombre

d'une porte. Et il est pile à l'heure. (Elle s'appuya contre le mur de marbre, ses yeux sombres empreints de peur.) Es-tu sûre de ça, Prue, je veux dire que nous ne sommes jamais sorties chasser les sorciers. Nous attendons en général qu'ils nous pourchassent, de la façon dont l'a été Phoebe.

Prue remarqua que le sorcier grimpait encore, lentement, et qu'il n'était plus très loin du sommet. Ce n'était pas le moment d'avoir peur. Elle se jeta devant l'entrée où se trouvait Piper, et lui chuchota :

— Que veux-tu dire exactement ?

— Cela semble tellement... manquer de pitié, répondit Piper. Nous avons promis d'utiliser nos pouvoirs pour faire le bien, tu te rappelles, et ne blesser personne. Maintenant, nous allons nous attaquer à quelqu'un qui n'a peut-être rien fait de mal à personne de notre connaissance.

— Quoi ?

— Et s'il ne s'agit pas du bon sorcier ? Le sortilège n'était pas très spécifique...

— C'est un sorcier, Piper. (Les paroles de Prue grinçaient dans l'air froid.) Un sorcier, c'est le mal. Et nous avançons un pas à la fois. C'est la seule façon de trouver la trace de Phoebe.

Piper regardait en direction du personnage qui s'approchait.

— Humm, Prue, ce n'est pas le sorcier qui a emmené Phoebe, avança-t-elle en montrant l'homme du doigt.

Prue plissa les yeux. De plus en plus près, il semblait en effet différent de la créature dont elle se souvenait. Mais quelle importance !

— Tu connais les sorciers, se défendit-elle. Ils traînent en général ensemble, comme s'ils formaient un club. Ce type peut connaître celui que nous cherchons. Il peut savoir quelque chose au sujet de Phoebe.

Le bruit étouffé des pas sur les marches mit fin à la discussion. Se situant à deux pas d'elles, c'était maintenant ou jamais.

Sortant de l'embrasure de la porte, Prue vit l'ombre atteindre la dernière marche, puis tourner au sommet. L'excitation la parcourut tout entière, tandis qu'elle sortait de sa cachette, le surprenant. Il s'arrêta, la dévisageant d'un regard confus.

Piper émergea une seconde plus tard, son visage montrant l'expression d'une détermination intense.

Voyant les deux sœurs, il sembla comprendre – un peu trop vite. Reculant, il leva le bras, ébauchant une attaque. Pas question, pensa Prue, il n'allait pas blesser l'une d'entre elles avant qu'elles puissent le questionner.

— Gèle-le ! ordonna Prue.

D'un claquement de la main, Piper usa de son pouvoir de suspendre le temps. Le démon s'immobilisa parfaitement, ses pouvoirs magiques figés avant qu'il ait pu les utiliser.

Soulagée, Prue traversa le palier, ses bottes claquant sur le ciment.

— Bonsoir, bonsoir.

C'était un type un peu plus grand que la moyenne,

avec d'épais cheveux argentés et des yeux d'un bleu profond. Pas un mauvais parti, s'il n'avait été obsédé par l'usage des pouvoirs du mal.

Elle le regarda méchamment dans les yeux : ce type devait payer pour ce que son ami avait fait à Phoebe.

Piper se précipita derrière elle, puis s'arrêta, assez nerveuse.

— Bon, nous y sommes, dit-elle en montrant le personnage gelé. Tu as une idée sur ce que nous allons faire maintenant ?

Certainement, pensa Prue. D'une certaine façon elle savait exactement quoi faire. C'était presque instinctif.

Elle se mit face à l'homme et plaça ses mains à plat sur sa poitrine. Celles-ci commencèrent à rougeoyer dans l'obscurité. Ses doigts et sa paume devinrent rouge orangé, lumineux comme des néons contre la chemise noire. C'était une scène stupéfiante.

— Prue ! cria Piper. Tes mains, que se passe-t-il ?

Prue ne possédait pas de certitude, mais ce qu'elle ressentait était si incroyable qu'elle ne pouvait s'interrompre.

Que se passait-il ? Un début de mouvement... le gel du temps provoqué par Piper se terminait. D'un seul coup, le démon s'agita et se mit à hurler, le visage tordu par la douleur et les yeux exorbités par l'horreur...

Mais Prue ne s'arrêta pas.

Une pellicule blanche semblable à de la cendre couvrait la peau du démon. Des rides sillonnaient son visage. Ses larges épaules et sa poitrine s'effondraient. Rétrécissait-il ? Le grand homme semblait s'assécher et se rabougrir comme un raisin. Prue grimaça lorsque ses mains s'enfoncèrent dans une zone pâteuse de sa poitrine, mais ne recula pas. Elle ne pouvait s'abstraire de l'horrible sensation qu'elle éprouvait par son toucher.

Aahrrrrggg ! La voix du démon s'étouffait, implorante et pathétique.

— Que se passe-t-il ? insistait fébrilement Piper. Je pensais que nous allions le questionner à propos de Phoebe !

Prue ne put répondre. Les mots paraissaient secondaires face au phénomène gigantesque qui se produisait là. Une sensation électrisante la traversait et elle avait besoin de toute la concentration possible pour l'absorber complètement.

Le corps entier du démon était maintenant constitué d'une cendre blanchâtre. Prue observait la transformation avec stupéfaction tandis qu'il s'effondrait sur lui-même pour se désintégrer en poudre.

Sidérée, elle s'écroula sur les genoux, dans le tas de poussière blanche.

— Prue, appela Piper d'une voix empreinte de peur. Tu vas bien ?

Recroquevillée sur le sol, celle-ci sentit les bras de sa sœur l'enserrer, lui offrant un réconfortant support émotionnel et physique.

— Ecoute, je vais t'aider à te lever, lui chuchota Piper.

Mais Prue se dégagea, se remettant vivement sur pied.

— Ouahou, je vais bien. Je n'ai pas besoin d'aide.

La vérité était qu'elle se sentait plus que bien, elle se sentait magnifiquement bien !

En frottant les mains sur les manches de sa veste, Prue remarqua quelque chose de différent, de nouveau en elle, qui la rendait plus forte que jamais.

— Eh bien, c'était une sacrée expérience, gloussa-t-elle.

— Quoi donc ? demanda Piper. Raconte-moi ce qui s'est produit ?

Prue serra les dents. Pourquoi Piper ne pouvait-elle se faire une idée des choses par elle-même ? Elle tenta d'atténuer son agacement à son égard.

— Que penses-tu qu'il se soit passé, Piper ? Il a disparu et nous sommes ici. Et avant qu'il se désagrège, quelque chose s'est transmis de lui à moi. (Sa voix s'atténua.) J'ai ressenti comme un transfert de ses pouvoirs. C'était phénoménal !

Piper en restait bouche bée de terreur.

— Tu es en train de me dire que tu as absorbé les pouvoirs d'un démon ? C'est vraiment possible ? Je veux dire... Ouah !

Prue ferma les yeux, prenant une respiration profonde. Elle se sentait vraiment bien. L'air semblait si propre et plein de promesses. Ce n'était pas ce qu'elle avait espéré de cette nuit-là, mais elle n'allait certainement pas se plaindre. Elle dévisagea sa sœur.

— C'est comme si j'avais un nouveau carburant dans les veines. Imagine, Piper : de nouveaux pouvoirs.

Piper semblait désorientée, ne cessant de jouer avec la fermeture Eclair de sa veste.

— Vraiment ? Quand j'y pense, absorber le carburant d'un démon me paraît un peu risqué.

— Mais je te dis que je me suis jamais sentie aussi bien.

— Quand même, nous devrions rentrer à la maison pour essayer de comprendre ce qui s'est passé, proposa Piper.

— A la maison ?

Détectant une brusque montée de ses pouvoirs, Prue ferma de nouveau les yeux et éclata de rire.

— Qu'y a-t-il de si amusant ?

— Mes nouveaux pouvoirs, déclara Prue.

Avançant, elle prit la main de Piper et la serra. Prue éprouva brutalement des picotements qui la parcoururent. Oui ! Ses nouveaux pouvoirs fonctionnaient !

Devant ses yeux, le corps de Piper devint complètement plat, bidimensionnel, comme un panneau publicitaire. Considérant ses propres sensations étranges, Prue supposa que la même chose lui arrivait.

Le corps épais comme une carte postale de Piper se replia sur lui-même jusqu'à être réduit à quelque chose de si petit qu'il sembla disparaître.

Prue sentait son corps faire de même. Bye-bye, Alley, pensa-t-elle.

Prue perçut qu'elle se trouvait soudainement dans un endroit différent. L'air était plus chaud, les lumières plus douces. Il se dégageait une odeur familière de pot-pourri épicé. Lorsqu'elle put de nouveau voir, elle réalisa qu'elle se tenait dans le salon de *Halliwell Manor*.

A l'autre bout de la pièce, juste derrière la chaise de velours style « Reine-Anne », Piper se dépliait, petit à petit, sur le tapis chinois.

Dans un sifflement, son image prit forme, et redevint la Piper en trois dimensions, bougeant et respirant. L'agaçante, la prudente et solennelle Piper était de retour.

L'esprit de Prue revint à la réalité. Elles s'étaient transportées dans la maison à la vitesse de la lumière. Cela serait beaucoup plus facile de se déplacer chez Buckland (si elle y avait toujours un emploi : une absence de plusieurs jours sans donner aucune explication provoquerait peut-être son licenciement !).

Piper tira sur une de ses manches qui étaient remontées alors qu'elle reprenait un aspect normal.

— J'ai l'impression d'avoir été transformée en poupée de papier. Etait-ce nécessaire de m'aplatir ?

Prue fronça les sourcils.

— Je ne sais pas, admit-elle. Je ne maîtrise pas encore ce pouvoir.

Elle ne pouvait cependant pas prétendre en être fâchée, comme certaines. Cependant, elle avait du mal à garder une expression sérieuse ; elle ne put s'empêcher d'éclater d'un rire long et franc.

— Super ! Quelle rapidité !

Phoebe se redressa au milieu de la grange et chassa de la main une grosse mouche noire.

— Plonge-moi dessus encore une fois et je t'écrase, murmura-t-elle à travers ses dents serrées.

La vie dans une ferme était une des choses qui l'excitaient de moins en moins sur la liste des tâches à effectuer au cours du nouveau millénaire. Pourtant, elle avait mis le paquet, ce matin : chercher de l'eau ; couper du bois avant même de prendre le petit déjeuner ; accepter de se fixer sur la tête le vieux bonnet de Prudence et travailler dans les champs. Elle ressemblait maintenant à cette vieille servante d'une publicité pour une marque de beurre.

Elle entendit la porte de la grange s'ouvrir.

— Phoebe !

Elle fit une grimace. Lorsque la voix de Prudence prenait ce ton cassant et désagréable, elle pouvait sentir son corps entier tressaillir de dégoût. Prudence avait sa personnalité des mauvais jours.

— Je ne comprends pas comment vous pouvez ensemencer le jardin en vous tenant debout là, dit Prudence.

Phoebe se retourna pour lui faire face et vit Cassandra aux côtés de sa mère.

— J'étais juste en train de m'étirer le dos. (Elle lui fit un grand sourire suivi de deux figures qu'elle avait apprises en cours, où en se penchant en avant, elle se touchait la pointe des pieds des doigts.) Et une et deux et trois...

Cassandra éclata de rire, mais la bouche de Prudence se raidit en un petit froncement.

— Jamais je n'ai rencontré quelqu'un débitant autant d'excuses honteuses.

Phoebe décida d'abandonner. Si elle voulait progresser dans sa recherche du démon et d'un sortilège, elle devait se passer de Prudence. Elle se baissa et attrapa une poignée de graines dures pour les semer. Son vernis à ongles pourpre brillait au soleil. La façon dont sa manucure avait tenu était étonnante, considérant les tâches que Prudence lui avait assignées jusque-là. Au fait, quelle marque de vernis avait-elle utilisée ?

Peut-être n'était-ce pas la question la plus brûlante. Sa principale préoccupation était de faire avouer à Prudence ses talents héréditaires. Phoebe souffla sur une mèche de cheveux bruns qui avait glissé sur son visage.

Le martèlement des sabots d'un cheval monta au loin, le bruit d'un cheval au galop.

Prudence dirigea son regard vers l'attelage qui descendait la route menant au village. Hugh s'agitait sur le siège du conducteur.

Le revoir n'avait rien d'agréable pour Phoebe. D'un autre côté, tout prétexte pour semer quelques graines de moins était le bienvenu.

— Prudence ! appela-t-il, tout en tirant sur les rênes du cheval. Venez vite, on a besoin de vous au village.

— Que se passe-t-il, Hugh ? s'enquit-elle.

— Mme Gibbs a besoin d'une sage-femme. Le bébé va naître.

— Mais ce n'est pas possible, dit Prudence, levant les bras au ciel. L'enfant est en avance de plusieurs semaines !

Elle prit son panier et se mit à courir vers le cottage.

— Viens, Cassandra. Je vais chercher ma trousse de médecin. Enlève ton tablier, cours !

La petite fille suivit sa mère dans le cottage.

— Et bonjour à vous, Phoebe, la salua Hugh avec un large sourire.

Feignant de l'ignorer, Phoebe se pencha de nouveau, les doigts serrés sur une petite poignée de graines. Attends une minute, pensa-t-elle. Quand tout le monde sera parti de la maison pour le village, ce sera l'occasion rêvée pour moi de trouver *Le Livre des Ombres*. Elle n'était pas trop sûre de sa démarche, mais elle savait qu'elle avait besoin d'aide et que cela devenait urgent. Depuis son face-à-face avec le démon, elle se sentait vraiment impuissante, obligée de jouer Cendrillon alors qu'elle devait conjurer un sacré méchant pétrin.

Plongée dans ses pensées, elle se retrouva à semer autour d'une grosse paire de bottes noires. Levant les yeux, elle vit Hugh qui la dominait comme un drôle de géant.

— Les chardons sont-ils si fascinants ? demanda-t-il, se penchant à côté d'elle.

Phoebe se mordit les lèvres. Elle détestait la façon

dont il la regardait, les yeux vagabondant sur elle sans répit. Et elle qui l'avait pris pour un héros ! Mon Dieu, quelle erreur !

— Vous avez perdu votre langue ? dit-il, saisissant un brin d'herbe et se mettant à lui chatouiller le cou avec.

Phoebe essaya de le frapper et le manqua.

— Ma langue va bien, merci. Et arrêtez ça, avez-vous perdu la raison ?

Hugh rit tandis qu'il orientait la tige à présent vers son décolleté.

— Arrêtez ! ai-je dit. (Elle lui arracha l'herbe des mains.) Il n'y a rien à voir, mec, j'en ai assez de vos regards lubriques et de vos remarques suggestives. Pour autant que je le sache, vous avez une relation avec cette femme, là-bas. (Elle montra le cottage.) Pas avec moi.

Au vu de l'expression sur son visage, elle ne pouvait se rendre compte s'il était surpris ou amusé.

— Je pense que vous avez tort, Phoebe.

Il lui souleva le bras, lui saisit la main et y déposa un baiser.

— Espèce de dégoûtant, lança-t-elle, s'essuyant la main sur la robe. Ecoutez-moi bien : je ne veux pas de vos idioties, Hugh.

Il rit encore.

— Idioties ? Vraiment, vous dites la plus remarquable...

— Nous sommes prêtes à partir, intervint une voix.

Phoebe et Hugh se tournèrent vers le cottage. Prudence, à quelques pas de la porte, la trousse de médecin à la main, se tenait aussi raide et froide qu'une statue. Quelque chose de sombre et de triste se reflétait dans ses yeux bleu clair : la suspicion. Il était évident qu'elle avait vu leur manège et qu'elle n'en était pas très heureuse.

Revenant un instant à un comportement plus policé, Hugh mit le sac de Prudence dans l'attelage et l'aida à monter sur le siège. La porte du cottage claqua, et Cassandra arriva en courant. Elle les rejoignit dans la carriole.

Phoebe se remit à son travail et arracha une touffe d'herbe particulièrement coriace. Tout en regardant s'éloigner l'attelage, elle retenait sa respiration. Elle devait patienter quelques instants de plus. Elle attendit jusqu'à ce que le bruit des sabots du cheval s'évanouisse dans le lointain.

Enfin ! Phoebe se précipita dans le cottage et commença à chercher le livre. Il n'était dans aucun endroit évident : ni sur la table de pin, vers l'autel, ou même la table de nuit de Prudence. Peut-être même n'était-il plus dans le cottage. Et si Prudence l'avait caché dans la grange ou ailleurs ?

Non. Phoebe secoua la tête. Aucune sorcière ne garderait *Le Livre des Ombres* hors d'atteinte immédiate. Pourtant, il n'était pas en vue du tout. Elle devrait donc se conduire en détective.

Phoebe fouilla tous les placards, vida toutes les malles. Elle regarda sous les matelas, vérifia même si certaines lattes de plancher étaient mal fixées. Dans un accès d'inspiration, elle inspecta le foyer, se demandant si le livre pouvait être caché derrière une poêle à frire ou quelque chose comme cela. L'idée ne se révélait pas très brillante, mais Prudence était plus qu'un peu étrange.

Lorsque la recherche dans la cheminée apparut vaine, Phoebe se mit à tourner en rond, se rongeant les ongles, se sentant dans une impasse.

— Je sais que tu es là, mais où ?

Elle appelait le livre qu'elle aimait tant.

Elle remarqua une chaise que Prudence déplaçait souvent dans différents endroits du cottage. Le gros livre pouvait-il être caché dessous ?

Non, il n'y avait pas de cachette sous le siège de bois, mais... Phoebe leva les yeux pour observer le toit de chaume. Prudence avait-elle déplacé la chaise pour prendre quelque chose là ? Elle grimpa dessus et fouilla dans le toit.

Bingo !

Glissé entre la poutre et le toit de chaume, reposait *Le Livre des Ombres*.

Elle le sortit en le faisant glisser et sauta du siège, le livre serré dans ses bras. Habituellement, celui-ci lui procurait un vif sentiment de réconfort lorsqu'elle le touchait. Aujourd'hui, pourtant, il la faisait frissonner. Pourquoi donc ? Elle alla à la table et l'ouvrit.

Phoebe feuilleta les pages du livre qu'elle connaissait si bien. Elle en eut pratiquement le souffle coupé quand elle découvrit toutes les pages vides. Elle réalisa que Prudence faisait seulement partie de la deuxième génération de sorcières qui écrivaient dans *Le Livre des Ombres*. Au moment où Grams avait transmis le livre à Phoebe et à ses sœurs, de nombreuses femmes avaient contribué aux illustrations et aux informations contenues entre les deux couvertures. Parce qu'elle avait remonté le passé de plus de trois cents ans, la plupart de ce travail n'avait pas encore été fait. Il n'y a donc pas tant de sortilèges que cela dans le livre, pensa Phoebe. Qu'il y ait au moins celui dont j'ai tant besoin !

Le feuilletant jusqu'à la fin, Phoebe vit des pages et des pages entièrement vierges. Elle passait une main sur le parchemin blanc quand une vision s'imposa à son esprit.

C'était un étrange monde informe, un endroit obscur où s'agitaient des ombres. A travers la poussière et les vapeurs, elle distingua Prue et Piper, vêtues de cuir et bardées de chaînes, leurs visages recouverts de peintures. Prue et Piper en nanas de motards à une fête costumée ! Ce n'était pas vraiment leur style.

Que faisaient-elles, cachées derrière une sorte d'abri sur une route sombre et déserte ? Quelque rendez-vous secret ? Phoebe n'était sûre de rien.

Puis elle détecta un reflet dangereux dans les yeux de Prue, le genre de regard qu'elle avait lorsqu'elle combattait des démons.

La vision s'atténua, puis redevint d'une grande netteté. Quelque chose s'agitait plus bas sur la route ; quelqu'un allait à leur rencontre, Prue et Piper debout, arborant un air qu'elle ne leur connaissait pas. Cela rappelait à Phoebe la façon dont Kit, leur chat, regardait avant de bondir sur une proie.

Prue concentra ses pouvoirs sur le type, et des cris d'agonie se firent soudain entendre.

— Je l'ai eu, dit Prue.

— Le prochain est pour moi, lui lança Piper.

Un frisson parcourut le corps de Phoebe, tandis que la vision s'effaçait. Que se passait-il ? Quoi qu'il en soit, cela paraissait absolument horrible.

Ses sœurs qui chassaient les sorciers ? Cela ne collait pas. Prue et Piper n'étaient pas du genre prédateur. De plus, cela allait totalement à l'encontre du serment qu'elles avaient toutes prêtées en découvrant le Pouvoir des Trois. A quoi jouaient donc ses sœurs ?

La rencontre d'hier avec le démon surgit dans son esprit. N'avait-il pas menacé de faire passer les membres de sa famille du côté du mal ? Phoebe frissonna de nouveau. Est-ce que cette magie fonctionnait déjà dans le futur ?

Cela devenait maintenant encore plus important de se débarrasser du démon et de rentrer à la maison, pensa Phoebe. Aussitôt qu'elle se serait occupée de lui, elle s'échapperait d'ici. Elle se plongea de nouveau dans le livre.

— Et un sortilège sur le voyage dans le temps ! implora-t-elle à voix haute. Ce serait tellement pratique d'en trouver un de prêt.

Elle parcourut le livre sans succès, se demandant quand Prudence serait de retour. Cela pouvait être à n'importe quel moment.

Soudain, un dessin à la main d'un homme bardé de pointes sortant de la tête accrocha son regard. Dessous était écrit : « Sortilège pour éliminer le plus mauvais des démons. »

Phoebe en resta bouche bée. C'était ça.

— Oui, cria-t-elle, frappant l'air de son poing.

Maintenant, il lui fallait collecter les ingrédients, trouver le démon, et renvoyer sa sale tête chez Hadès.

Elle essaya de mémoriser la liste des ingrédients, qui allaient de la poussière simple aux épices, dans l'impossibilité de la copier, les colons ne gardant pas des stylos et des blocs-notes à portée de main, en règle générale.

Il se présentait juste un petit pépin : le sortilège requérait la présence d'au moins deux sorcières. Or, Phoebe était seule. Comment pourrait-elle...

Attends une minute. Et Prudence ? D'une façon ou d'une autre, Phoebe avait besoin de convaincre Prudence de l'aider. Ce n'était pas un scénario évident. Comment pouvait-elle même y réussir, alors que cette femme avait des attitudes et des sautes d'humeur difficiles à cerner. Faire participer Prudence semblait une mauvaise idée.

Alors qui pouvait l'aider avec ce sortilège ?

Je franchirai ce pas lorsque le moment sera venu, pensa-t-elle.

Elle ferma les yeux et se répéta la liste des ingrédients.

— Une poignée de terre d'un endroit où trois

routes se croisent, une pincée de sel, une aiguille de pin...

Tout cela bien en tête, Phoebe feuilleta le reste du livre, espérant trouver le sort qui l'enverrait hors de Salem. Elle se retrouva vite à la fin, parmi les textes ajoutés par Prudence, ces derniers jours. Elle s'arrêta un instant pour regarder une illustration, celle d'un chevreuil au pelage lacéré et sanguinolent.

— Mais, qu'est-ce...

Phoebe eut un mouvement de recul devant la cruauté du dessin, suivi d'un sortilège de malédiction pour les ennemis :

Crée une image de ton ennemi,
Lacère-la comme j'ai lacéré le chevreuil.
Puis enterre-la sous la pleine lune
Dans la tombe d'un pendu.

Blups ! C'est un sortilège maléfique, pensa Phoebe, horrifiée.

Elle tourna une autre page et en trouva un deuxième intitulé : « Pour être vengé de celui qui vous a fait du mal » ; on avait donné pour titre à un troisième : « Pour causer la maladie chez celui qui vous croise. »

Phoebe restait devant le livre, bouche bée. Ces sortilèges, elle ne se rappelait pas les avoir vus dans *Le Livre des Ombres* qu'elle connaissait. Aussi, comment pouvaient-ils y apparaître maintenant ?

Elle continuait de le feuilleter quand la porte s'ouvrit.

Prudence se tenait dans l'entrée, les yeux fixés sur elle.

— Hé ! Vous êtes déjà de retour, articula Phoebe avec un entrain forcé.

Elle voulut fermer *Le Livre des Ombres* et le cacher derrière elle, mais trop tard ! Prudence l'avait prise sur le fait et – chose inattendue ! – ne semblait pas trop s'en féliciter.

— Qu'êtes-vous en train de faire ?

La voix de Prudence était douce, mais complètement déroutante.

— Je vérifiais juste quelque chose dans votre livre, répondit Phoebe, le fermant avec douceur en caressant la couverture.

Prudence marcha à travers la pièce, se dirigeant vers elle.

— Mais ne vous inquiétez pas, continua Phoebe, j'ai fini les semences, et je n'ai pas oublié les poules ou le...

Prudence attrapa Phoebe par le col de sa robe et le serra si fort que celle-ci pouvait sentir ses doigts s'enfoncer dans son cou.

— Je... Vous allez la déchirer ! hurla Phoebe d'une voix stridente.

Mais Prudence continuait de serrer. Face à son ancêtre, Phoebe ne pouvait plus ignorer la folie qu'elle percevait dans le regard de cette femme.

Néanmoins, elle s'efforça de se montrer stoïque,

fixant le visage du mal, tandis que Prudence la toisait d'un air sinistre.

— Si jamais, jamais, je vous reprends en train de toucher une nouvelle fois ce livre, dit Prudence d'une voix claire et posée, je vous tue.

CHAPITRE 9

Le bruit d'une sonnerie de téléphone retentit dans les couloirs de *Halliwell Manor*.

En haut, dans sa chambre, Piper se pencha vers le miroir et dessina un nouveau trait d'eye-liner au bord de ses paupières.

— Tu peux répondre ? cria-t-elle à Prue.

Le téléphone continuait de sonner, et Piper maudit sa sœur aînée d'être si lente à réagir.

Basculant la tête sur le côté, Piper se pencha de nouveau en avant et traça une autre ligne de noir autour de ses yeux. Toujours très classique en ce qui concernait le maquillage, elle se sentait débridée et avait envie d'expérimenter, ces derniers jours, sans raison apparente. Disposer couche sur couche était si cool, et la superposition de noir produisait un tel effet !

— Bien, dit-elle à voix haute, s'adressant à son reflet. Si tu bascules du côté obscur, autant avoir la tête du rôle.

Elle ouvrit un tube pour les lèvres et y appliqua une couche de blanc argenté.

Maintenant, j'ai l'air d'un zombie, pensa-t-elle. Parfait pour une nuit de destruction.

Le plan de ce soir n'avait rien de neuf. Piper et Prue allaient accomplir le sortilège pour traquer les sorciers. La grande et magnifique différence tiendrait dans le fait que Piper, à son tour, aspirerait les pouvoirs du démon. Miam-miam.

C'était une bonne chose, parce qu'elle était vraiment, vraiment affamée.

Elle s'écroula sur son lit avec un rire de satisfaction. La soif de nouveaux pouvoirs représentait une nouveauté. Depuis la disparition de Phoebe – déjà cinq jours – il y avait eu plusieurs premières fois. Cela s'était-il bien produit samedi dernier ? Et quel jour était-on aujourd'hui... jeudi ? Ou vendredi ?

La sonnerie du téléphone retentissait de nouveau.

— Prue ! Vas-tu répondre ou quoi ?

— Je suis occupée ! cria celle-ci depuis sa chambre.

— A quoi faire ?

Piper se releva et se dirigea vers le hall. Elle ne pouvait imaginer ce qui tenait sa sœur si occupée.

Elle marqua un arrêt sur le seuil de la chambre de Prue :

— Qu'es-tu en train de te faire ?

— Des tatouages, dit Prue, montrant sur son biceps un dessin provisoire qui représentait un démon. Tu en veux un ?

— Peut-être plus tard. Nous devons y aller maintenant, ou le sortilège sera inefficace d'ici à ce que nous soyons là-bas.

— Dur, dur, murmura Prue, posant un autre tatouage sur sa cheville.

Le téléphone se remit à sonner.

— J'y vais, dit Piper, se dirigeant vers la cage d'escalier.

Au moment où elle arrivait à la cuisine, la sonnerie s'interrompit, mais des messages étaient enregistrés sur le répondeur qu'elle mit en marche : « Piper, c'est Jason, du club », disait-il sur un fond sonore de musique et de rires. « Le barman a appelé pour dire qu'il était malade, et nous vous avons attendue. »

Clic. Piper coupa le répondeur. D'accord, elle n'avait pas mis les pieds au club depuis plusieurs jours ! Peut-être l'ancienne Piper aurait-elle paniqué à l'idée de s'absenter, mais à présent il lui incombait de faire des choses plus importantes.

Elle écouta deux autres messages, adressés à Prue, et qui provenaient de chez le commissaire-priseur où elle travaillait. Prue ne s'était pas préoccupée non plus d'aller travailler cette semaine. Dans un des messages, son patron s'inquiétait du fait que Prue soit si malade. Ah ! Elle était plutôt malade de ses pouvoirs !

Coupant le répondeur, Piper nota une drôle d'odeur.

Elle se tourna vers l'évier, qui à l'évidence en était la source. Des pots et des restes de repas s'empilaient, certains flottant dans une eau douteuse. Le sol était toujours couvert des couteaux et des fourchettes que Prue n'avait jamais eu l'occasion de ramasser. L'endroit reflétait un désordre total. Mais ce n'était pas le problème de Piper.

Se détournant de l'odeur, elle se rendit au salon où des piles de courrier, de catalogues et de papiers jonchaient la table basse. Le linge sale de Prue s'entassait sur le divan ; sans oublier les toiles d'araignées sur le chandelier de Grams, qui paraissait tout défraîchi.

Quel dépotoir !

La vieille demeure avait changé. En fait, beaucoup de choses avaient changé, réfléchit Piper : la maison, son travail, sa sœur. Cette dégradation générale dans sa vie l'ennuyait, mais était-ce sa faute ? Plutôt celle de Phoebe qui avait disparu, transformant sa vie, qui commençait à exhaler une odeur de renfermé comme cette vieille maison.

Passant au pied de l'escalier, Piper perçut une nouvelle émanation.

— Prue, as-tu allumé une bougie ?

Sa sœur apparut au sommet de l'escalier, pressant un nouveau tatouage sur son poignet.

— Je passe mon temps à allumer des bougies, depuis que l'électricité nous a lâchées pendant la tempête d'il y a deux jours.

— Parce que tu as oublié d'appeler la compagnie pour la faire réparer, lui rappela Piper.

— J'avais plusieurs autres choses en tête, d'accord ? Et quel est ton problème, tu peux téléphoner toi-même !

Ne t'engage pas dans une autre dispute, pensa Piper, atteinte de lassitude.

— Cela sent comme si quelque chose se consumait.

Le nez espiègle de Prue se plissa tandis qu'elle humait l'air.

— Oui, approuva-t-elle d'un geste de la tête. Le grenier. Nous avons allumé ces bougies pour lire le sortilège sur la recherche d'un démon. Ne les as-tu pas soufflées ?

— Je croyais que tu allais en prendre soin, dit sa sœur en montant les escaliers en courant.

— Et pourquoi pensais-tu cela ? cria Prue. Oh, je sais, parce que tu ne réfléchissais pas !

Piper, en colère et à bout de souffle, bondit dans le grenier enfumé. La plupart des bougies avaient brûlé jusqu'à s'éteindre d'elles-mêmes. L'une cependant avait répandu de la cire sur une table, enflammant un vieux napperon, réduit à un cercle de dentelle craquelée, qui se consumait lentement.

Heureusement que *l'une* d'entre nous s'en était aperçue, pensa Piper, avant que nous mettions le feu à la maison. Elle attrapa le pichet d'eau de source qu'elles avaient utilisé pour le sortilège et arrosa les cendres du napperon qui se consumaient, puis éclata de rire. Son esprit logique savait combien ce serait terrible de perdre leur maison, mais cela n'empêchait pas son envie de rire de se déclencher, comme si toutes ces choses importaient peu désormais.

Elle se pencha vers *Le Livre des Ombres* et

appuya ses paumes sur les pages ouvertes. Elle en ressentit un grand frisson, et retira vivement les mains à la vue du sortilège inscrit sur la page.

C'était un sortilège maléfique, une malédiction contre quelqu'un que l'on croise. A côté, un dessin représentait un chevreuil, le corps lacéré et sanguinolent. Elle fut saisie de légers tremblements. Dernièrement, de nombreux sortilèges comme celui-ci étaient apparus dans le livre. Piper n'en comprenait pas la raison, et Prue semblait y porter une attention distraite, ou parfois beaucoup les apprécier.

Cependant, Prue baignait dans un état de méchanceté depuis qu'elle avait aspiré les pouvoirs de ce démon. Entièrement imbue d'elle-même. Totalement désagréable. Il était injuste qu'elle détienne seule ces pouvoirs, mais ce soir, cela changerait. Le tour de Piper arrivait.

Elles avaient déjà prononcé l'incantation pour attirer un autre sorcier. Il ne leur restait plus qu'à y aller de telle sorte que tout se produise de la façon dont Piper l'avait planifié. Elle poussa la porte du grenier et descendit les marches en courant et criant :

— Prue, amène-toi. Il est temps de chasser un autre démon.

Piper salivait d'avance. Avait-elle seulement dîné ? Déjeuné ? Elle ne se souvenait pas, et cela n'avait pas réellement d'importance. La seule nourriture dont elle éprouvait un irrésistible besoin était le pouvoir.

Un vent frais en provenance de l'eau proche soufflait à travers les allées vides du quartier des entrepôts. Piper et Prue se cachaient dans l'obscurité, près d'un hangar abandonné, à seulement quelques mètres d'une rue à l'inquiétante tranquillité, et à vingt mètres environ d'un bar de motards constituant un élément clé de leur plan.

Le vrombissement d'un moteur attira l'attention de Piper. Elle poussa du coude sa sœur et fixa son regard sur la rue vide, où bientôt un phare apparut au loin.

Cependant, ce n'était pas le phare blanc habituel d'une moto. Des anneaux de lumière colorée jaillissaient et brillaient autour.

— Un sorcier sur une Harley, chuchota Piper, et il va être à moi.

Le motocycliste passa sous l'éclairage de la rue, et Piper vit les longs carters courbés d'une Harley-Davidson. Il n'y avait pas l'ombre de la peur ou d'une hésitation dans l'esprit de Piper. Cette fois-là, la chasse l'excitait.

— Prête ? demanda-t-elle à Prue qui acquiesça.

Au moment même où le motocycliste approchait de l'allée où elles se dissimulaient, Piper se servit de son pouvoir d'arrêter le temps.

La Harley resta suspendue au milieu de la rue.

— Bel équilibre, railla Piper en observant le démon immobilisé.

Prue s'empara d'une vieille traverse de voie ferrée sur le bord de la route, et la fit glisser directement sur la trajectoire du motard.

Le temps reprenant son cours normal, la moto bondit en avant. Une seconde plus tard, elle heurta le gros morceau de bois. La Harley et son conducteur furent propulsés dans les airs. Le sorcier atterrit sur le trottoir, à quelques pas de la carcasse tordue de son engin.

Piper et Prue se précipitèrent sur son corps. S'agenouillant près de lui, Piper étendit les mains sur sa poitrine, impatiente de lui prendre ses pouvoirs.

— Pourquoi ?

Le mot fut prononcé avec difficulté, ses yeux tristes à peine ouverts.

Piper frissonna de peur à cause de cette question. Ne devrait-il pas être déjà mort ?

— Vous êtes un sorcier, voilà pourquoi, dit froidement Prue. Et à ce que j'ai entendu, les sorciers sont mauvais.

C'est pour Phoebe, voulut expliquer Piper. Elle savait que tout venait d'elle, bien qu'elle n'en fût plus très sûre.

Le démon ferma les yeux tandis que Piper sentait un frisson glacial la parcourir.

Piper vit le corps du démon se désintégrer sous ses mains, ses os ramollir, se dissoudre. Pendant une seconde, il se raidit. Puis son corps implosa, se transformant en poussière, et le restant de ses pouvoirs la pénétra.

— Ouah !

Piper ne put retenir un cri d'excitation ; sa tête tournait. Elle se sentait soudain plus légère, plus forte, prête à courir un marathon sans effort. Elle apparaissait renouvelée, régénérée. L'énergie bouillonnait en elle. Elle ne s'était jamais sentie aussi sauvagement vivante. C'était cette poussée d'adrénaline qui avait illuminé la vie de Prue.

Avec un sourire serein, Piper regarda le vent emporter au loin les cendres de ce qui avait été le corps du démon. Elle ferma les yeux et rit. Un vol de pouvoirs ! Si c'était si mal, pourquoi se sentait-elle si bien ?

CHAPITRE 10

Phoebe marchait lentement et avec précaution à travers le village de Salem, Massachusetts. Prudence l'y avait envoyée pour échanger du beurre contre des épices, dont elle ne s'était pas encore occupée. Même cette tâche simple n'était pas facile. Phoebe devait se rappeler constamment de garder la tête baissée, les yeux en alerte sous son bonnet, enveloppée dans le châle que Prudence lui avait prêté. Les gens la regardaient comme un faucon, attendant probablement qu'elle se débarrasse de ses vêtements et danse nue dans la rue...

Phoebe aurait aimé leur raconter une ou deux blagues, mais elle devait se montrer prudente. Il lui fallait éviter d'avoir encore plus d'ennuis, alors qu'elle était si près d'obtenir l'ingrédient crucial pour son sortilège destiné à bannir le démon.

« Une poignée de terre d'un endroit où trois routes se croisent » spécifiait *Le Livre des Ombres*. En un endroit et à une époque où peu de routes existaient, Phoebe savait qu'une vraie intersection devait se trouver dans le village même.

Elle doubla deux hommes qui tiraient des chevaux et osa lever la tête pour regarder devant. A l'autre extrémité de la rue, il y avait une fourche dans la route, juste derrière l'atelier du forgeron. Est-ce que cela ferait l'affaire ?

Elle continua son chemin tout en tâtant les sachets d'épices qui se trouvaient au fond de sa poche, et qui, pour la plupart, étaient pour Prudence. L'un d'entre eux servirait pour son sortilège. Elle était sur le point de réunir ce dont elle avait besoin. Elle avait déjà pu se procurer facilement un dé à coudre, une feuille de thé et deux pierres plates. Il lui manquait la terre.

Phoebe atteignit l'intersection de trois routes poussiéreuses. Du travail pour moi, pensa-t-elle. Espérant que personne ne la remarque, elle s'arrêta derrière un tonneau et remplit de terre une pochette de cuir qu'elle avait piquée dans la collection d'herbes de Prudence. Toujours accroupie, elle l'attachait lorsqu'elle entendit des pas.

— Avez-vous besoin d'aide, vous, là-bas ? demandait un homme.

Basculant la tête autour du tonneau, elle vit deux paires de jambes, l'une mâle, l'autre femelle.

— Oh, je vais bien, merci, dit-elle espérant qu'ils passent leur chemin.

Se relevant, elle se trouva face à face avec un couple âgé : un homme à la barbe fournie et une femme maigre qui paraissait avoir un besoin urgent de manger pour se remplumer.

Phoebe secoua le petit sac de terre devant leurs yeux curieux.

— Quelle maladroite suis-je ! Je viens de faire tomber ceci sur le sol. Mais je l'ai retrouvé. Pas de problème, j'y vais.

— Attendez, dit l'homme tout en levant le menton. Qu'avez-vous à la main ?

Phoebe mit rapidement le sac de terre dans sa poche. Zut, elle était censée ne pas exhiber sa manucure.

— Ses doigts ! hurla la femme maigre.

Phoebe soupira. Pourquoi s'excitaient-ils donc sur du vernis à ongles ?

— Des ongles pourpres, continuait la femme. J'ai vu ses ongles, ils sont de la couleur du sang ! Cette femme est rongée par la maladie.

— Je ne suis pas malade ! protesta Phoebe.

— Alors, montrez-nous ! exigea l'homme. Laissez-nous voir par nous-mêmes.

Valait-il mieux leur montrer ou se sauver en courant ? Phoebe avait le sentiment que, si elle s'enfuyait, ils imagineraient quelque chose de vraiment étrange à propos de ses ongles. De plus, d'autres villageois se rassemblaient autour d'elle. Les chances de pouvoir s'échapper diminuaient.

Phoebe tendit ses mains. Cette sacrée manucure tenait vraiment bien. Une partie du vernis s'écaillait à cause du travail qu'elle avait fait mais, d'une manière générale, ses ongles conservaient leur couleur rouge sombre.

Une rumeur de mécontentement s'éleva dans la foule.

— Restez en arrière, cria le barbu, écartant sa

femme ; elle est pestiférée. La peste est sur nous. Elle va être notre mort à tous !

Phoebe dissimula ses mains dans les profondes poches de la cape de Prudence.

— Je ne suis pas malade, répliqua-t-elle rapidement. C'est juste que... je ramassais des mûres et mes doigts sont devenus tout noirs à cause du jus. (Elle se tourna vers une jeune femme dans la foule et la regarda droit dans les yeux.) Vous savez comment cela arrive ? Je déteste ça. Du jus de mûre partout.

— Quelles sortes de mûres sont récoltées au printemps ? demanda un homme à l'arrière de la foule.

Phoebe se tourna vers lui et cligna des yeux. Sa peau reflétait-elle une lueur verte ?

Oui ! Un vert hideux.

Debout au milieu de la foule, se tenait le démon. Regardant méchamment Phoebe, il lança :

— Ce n'est pas une maladie que nous voyons, mais le visage même du mal C'est une sorcière !

— Une sorcière ?

Un halètement d'horreur parcourut la foule.

Le démon à forme humaine s'avança.

— Enfermez-la, commanda-t-il. De façon qu'elle puisse être jugée pour sorcellerie.

— Attendez, intervint la jeune femme, c'est malhonnête.

Mais personne n'écoutait. La foule se faisait houleuse et Phoebe recula au fur et à mesure qu'ils avançaient vers elle. Cela devenait sérieusement effrayant.

— Hé ! Est-ce qu'on ne peut pas parler ? demanda Phoebe.

Un homme de grande taille sortit de la masse et lui attrapa le bras. Phoebe lutta pour se libérer, mais il était trop fort. Un instant plus tard, il fut aidé par un autre villageois qui lui saisit l'autre bras. Ses bottes glissaient sur le sol tandis qu'ils la tiraient sur la route.

Son cœur battait fort. Qu'allaient-ils faire d'elle ?

Puis elle vit les entrepôts. Leurs charpentes de bois et leurs verrous métalliques paraissaient solides et invulnérables.

S'ils l'enfermaient là, elle n'aurait aucune chance de s'échapper, particulièrement avec le démon vert qui excitait la foule ; aucune échappatoire possible ; aucun moyen de s'en tirer ; pas d'élimination du démon, ni de retour à la maison.

Phoebe ferma les yeux, ne pouvant supporter ce qu'elle voyait.

— Sorcière ! cria quelqu'un.

— Créature du diable ! vociféra un autre.

Sentant quelque chose la heurter, elle ouvrit les yeux. Quelqu'un lui avait méchamment jeté un œuf.

Mais tous les œufs qu'on pouvait lui balancer étaient le moindre de ses problèmes. Elle se trouvait piégée, totalement vulnérable et terriblement seule.

CHAPITRE 11

Phoebe suivait alternativement du regard les deux hommes qui la conduisaient vers les entrepôts. Elle pouvait sentir les battements de son pouls, signe évident de la panique qui la gagnait.

Mais il était hors de question de laisser ces bouffons de la vieille école gagner. Ne possédait-elle pas le savoir-faire du XXIe siècle ? Si seulement elle avait apporté un téléphone portable à travers la porte du temps ! On peut toujours compter sur la sonnerie d'un tel instrument pour une diversion agaçante.

Puis elle se souvint des épices qu'elle avait en poche. C'était archaïque, certes, mais cela pouvait provoquer une distraction raisonnable.

L'homme à sa droite lui tenait le haut du bras, mais sa main était libre. Elle la plongea dans sa poche et tâta ce qu'elle contenait : de la noix muscade, des cristaux de sel et du poivre noir dans un sachet attaché par un ruban qu'elle réussit à défaire. Parfait...

Ils atteignirent les entrepôts ; un des hommes dut se débattre avec les verrous, pour ouvrir ces machins ridicules. La foule les observait avec crainte. Vous ne regardez pas souvent la télé ? avait envie de leur lancer Phoebe.

— Presse-toi, Will, dit le grand homme à celui qui ferraillait avec les verrous. Nous devons vite l'enfermer. Nous ne pouvons laisser cette sorcière utiliser ses pouvoirs contre nous.

Serrant la main autour du sachet dissimulé dans sa poche, Phoebe se tourna vers le garde qui la tenait.

— Un conseil, dit-elle d'une voix douce, si vous avez peur de la magie, ne touchez pas une *Charmed* !

Elle tira le sac de poivre hors de sa poche et en lança le contenu vers le visage de Will... Elle visait les yeux, mais le nez aurait fait aussi bien l'affaire.

Un murmure de stupéfaction parcourut la foule tandis que le garde reculait. Il reniflait furieusement et se frottait les yeux.

— Will, tu vas bien ? appela une femme.

— La sorcière m'a aveuglé ! hurla-t-il.

— De la poudre magique, cria quelqu'un. Cela venait de ses doigts cramoisis.

L'autre garde se cachait derrière l'entrepôt.

— Ne me touche pas, sorcière, je t'en supplie !

Pas aujourd'hui, pensa Phoebe. Je suis à court de poudre magique. Avant que l'odeur du poivre ne la trahisse, Phoebe s'échappa du groupe en colère et se mit à courir comme une folle.

Des heures plus tard, elle se retrouva accroupie dans les buissons, près du ruisseau. Du sommet de la colline, elle pouvait juste voir les torches des villageois surexcités, assemblés à l'extérieur du cottage de Prudence.

Elle savait qu'ils étaient venus pour elle.

Au moins Prudence ne mentirait pas lorsqu'elle affirmerait qu'elle ignorait où elle se trouvait. Phoebe était restée à l'écart du cottage tout l'après-midi, persuadée qu'une chasse aux sorcières devenait inévitable. Cela leur avait cependant pris beaucoup de temps avant d'arriver là ; le grand type avait-il eu du mal à se débarrasser de tout le poivre ?

Phoebe s'approcha aussi près que possible, se cachant derrière un chêne. Il lui semblait que quelques-uns des villageois étaient entrés pour fouiller le cottage.

Soudain, un nouveau souci surgit. Et si ces gens découvraient *Le Livre des Ombres* ? Ils pourraient le détruire ! Il serait perdu pour les générations de sorcières de sa famille. Elle ignorait comment cela pouvait modifier le passé et affecter le futur. De plus, Prudence serait en grande difficulté, aussi.

Et qu'arriverait-il à la petite Cassandra sans défense, si la foule se retournait contre sa mère ?

— Ils *ne peuvent* trouver le livre, murmura Phoebe pour elle-même, comme si le fait de le dire suffisait à éloigner ce malheur. *Ils ne peuvent pas le trouver !*

Un long moment plus tard, Phoebe vit la foule se déplacer, l'air désappointé. Ils n'avaient apparemment rien trouvé, mais Phoebe voulut s'en assurer. Elle attendit que les villageois soient complètement hors de vue pour ramper jusqu'au cottage, où à travers une petite fenêtre elle jeta un coup d'œil dans la salle commune.

Prudence s'y trouvait, buvant de la tisane de racines, et balançant Cassandra, qui avait dû être effrayée par tout ce tumulte, dans ses bras. Phoebe faillit s'évanouir de soulagement. Si Prudence et Cassandra étaient sauves, le livre l'était aussi.

Quelque chose dans ce spectacle qui réunissait la mère et la fille frappa Phoebe droit au cœur. N'était-il pas surprenant que Prudence, malgré tous ses changements d'humeur, soit une mère si dévouée ? Le fait de les voir ensemble, de cette façon, bouleversait Phoebe, et la rendait sentimentale. Elle regretta de ne pas avoir mieux connu sa mère, mais d'un autre côté elle se sentait bien, sachant qu'une mère et une fille, dans sa famille éloignée, pouvaient se réconforter mutuellement.

Phoebe s'éloigna du cottage, ne pouvant plus y entrer. Il lui était également impossible de savoir quand les villageois reviendraient. Sans compter que le simple fait de voir Phoebe pouvait réveiller le monstre qui sommeillait en Prudence.

A ce propos, il y avait toujours ce démon à éliminer.

Phoebe jeta un coup d'œil furtif dans la grange où elle avait dissimulé la plupart des ingrédients pour le sortilège : dé à coudre, pochette de terre, feuille de thé, noix muscade, et deux pierres plates. Il manquait juste deux articles : une plume et une carotte fourragère.

C'était le moment de finir la collecte.

Une poule fit entendre son gloussement, tandis que Phoebe s'approchait du poulailler.

— Oh, chut ! fit-elle, ne voulant pas que les volailles annoncent sa venue, mais elle avait besoin d'une plume.

Elle en trouva une sur une planche.

— C'est un plaisir de faire affaire avec vous, dit-elle en s'en saisissant.

Puis elle se dirigea de nouveau vers les bois sombres. De son expérience lointaine de girl-scout, elle gardait le souvenir que les carottes fourragères poussaient souvent à l'état sauvage dans les champs et le long des haies. Elle supposa qu'elle pourrait reconnaître la fleur blanc cassé lorsqu'elle la verrait.

Par chance, le croissant de lune brillait suffisamment pour éclairer des parcelles du sol. Les sens en éveil, Phoebe demeurait à la limite de la forêt. Les bois constituaient sa meilleure cachette. Se déplacer au milieu d'un champ à découvert, la silhouette éclairée par le clair de lune, ne paraissait pas judicieux.

Elle franchit racines et rochers, et mit les pieds dans plusieurs buissons épineux qui accrochèrent sa longue jupe. Un hibou hulula, la faisant sursauter. Elle aperçut des chardons, de la bruyère, et quelque chose qui ressemblait à du lierre empoisonné, mais pas de carotte fourragère.

Un peu plus haut, elle découvrit un vieux tronc couvert de mousse et de champignons. Un sol fertile, peut-être le bon endroit pour un légume introuvable. Lorsqu'elle l'atteignit, une lumière au loin frappa son attention.

Une lumière au milieu des bois ?

Phoebe regarda à travers les arbres et repéra un feu de camp. Quelqu'un était penché sur le foyer, le remuant avec un bâton. Elle fit le tour du vieux tronc pour s'approcher d'un bouleau, et scruta la scène. Un autre personnage, assis près du feu, portait un vêtement à capuche.

Puis elle entendit les voix ; des voix masculines.

Au moment où l'homme au bâton se tourna, Phoebe reconnut Hugh ! Que faisait-il là ? A qui parlait-il ?

Phoebe se fraya un passage dans la clairière. Se glissant furtivement d'arbre en arbre, elle rampa sur le côté et finit par s'appuyer contre un chêne blanc. Cette fois, mieux située, elle distingua le visage sous la capuche.

Le démon ! Le démon vert se trouvait en compagnie de Hugh !

CHAPITRE 12

CLINK.

Deux boules de billard s'entrechoquèrent et prirent des directions opposées sur la table de feutre vert.

— Ouah ! J'ai gagné ! lança Piper en voyant les huit boules tomber dans la blouse.

— Non, mademoiselle, intervint un type vêtu d'un blouson de cuir rouge, à une table voisine. Faire descendre en même temps les huit boules est un signe de mauvais augure.

Piper éclata d'un rire bruyant et interminable. A-t-on besoin de chance lorsqu'on possède des pouvoirs maléfiques ? pensa-t-elle.

Le type à la veste rouge parut embarrassé, mais Prue remua juste un sourcil en direction de sa sœur.

Piper, malgré son hilarité, n'avait toujours pas la moindre idée de l'étendue de ses nouveaux pouvoirs. A la différence de Prue, qui ressentit l'ampleur du phénomène, dès le début.

Se reculant tandis que Prue jouait, Piper eut un moment de doute. Et si elle n'avait pas capté les pouvoirs de ce démon, après tout ? Et si elle avait été trompée ? Il valait mieux ne pas y penser et rien dire pour le moment.

— Tu sais, nous devrions faire cela plus souvent, dit Prue.

Piper se rapprocha de la table pour prendre son tour.

— Tu ne parles pas de jouer au billard, n'est-ce pas ?

— Non, bien sûr. (Elle baissa la voix de façon que personne ne puisse entendre). Je veux parler des sorciers.

— Réfléchis-y, Piper. Peut-être est-ce notre destinée de détruire les sorciers et de voler leurs pouvoirs. Nous sommes les sœurs *Charmed*, pas vrai ?

— Avec Phoebe. C'est ensemble que nous sommes les *Charmed*.

— Qui est Phoebe ? demanda Prue.

Piper éclata de rire.

— Notre sœur, idiote. C'est fou comme tu oublies vite !

Prue envoya une boule dans la blouse la plus proche, puis se raidit.

— J'ai une brillante idée. Sortons d'ici et allons de nouveau consulter le livre. Je suis sûre que nous trouverons quelque chose de très intéressant à faire.

— Lire des livres ? Vous êtes étudiantes ? demanda le blouson rouge.

Prue, par un clin d'œil, indiqua à Piper de la suivre.

Elles s'engouffrèrent dans le hall et s'engagèrent dans le couloir, jusqu'au distributeur de cigarettes. A ce moment, elles claquèrent des mains et leurs corps devinrent plats, se repliant en morceaux de plus en plus petits...

La première chose que vit Piper fut sa sœur en train de se déplier, formant une image en deux dimensions, qui prit son apparence habituelle dans le grenier de *Halliwell Manor*.

— M'as-tu vue ? dit Piper, serrant la main de Prue.

— Appelons juste cela le jeu de l'origami express, dit Prue avec un large sourire.

Cela n'amusait pas du tout Piper. Sa présence forcée dans cette maison la mit soudain en colère. Peut-être était-ce le fait de se retrouver dans ce vieux grenier défraîchi, aux toiles d'araignées pendant des poutres, au sol couvert de poussière, et où de la cire fondue avait durci, formant des plaques, ici et là. Elle poussa de côté une boîte, s'empara d'une robe suspendue à un portemanteau pour essuyer un endroit, de façon à s'asseoir.

Prue compulsait déjà *Le Livre des Ombres*, les doigts parcourant une page comme si cela la démangeait. Le livre agissait comme une drogue pour elle, désormais.

— Comme je le disais, murmura Prue, je pense vraiment que nous touchons à quelque chose de particulier avec cette histoire de sorciers. Mais quelque chose d'autre m'intrigue. Pourquoi limiter nos vols de pouvoirs aux sorciers ?

— Parce que voler les pouvoirs d'un morceau de pain est plus délicat ! plaisanta Piper.

— Je veux dire, pourquoi ne nous attaquons-nous pas aussi aux sorcières ?

Piper fronça les sourcils.

— Tu veux dire : aux bonnes sorcières, comme nous ?

Prue éclata de rire.

— Piper, quand t'es-tu zieutée dans un miroir pour la dernière fois ?

Piper regarda ses vêtements : une jupe noire et longue, un chemisier en dentelle noire, et une veste de cuir.

— Qu'y a-t-il qui cloche dans la façon de m'habiller ?

— Les vêtements ne font pas la sorcière, Piper. C'est ce que nous faisons. Nous ne sommes plus dans le droit chemin.

Piper n'était pas sûre d'aimer ce qu'elle entendait, mais elle n'avait pas envie de se disputer de nouveau avec Prue. Elle préféra se lever et se plongea dans *Le Livre des Ombres*. Peut-être devraient-elles trouver un autre sortilège ? Quelque chose qui nettoierait les toiles d'araignées du grenier en même temps que leur esprit.

— Le fait est, continua Prue, que les sorciers sont très limités. Les sorcières ont des capacités bien plus importantes, qui valent vraiment le coup de s'en emparer.

Piper feuilleta le livre, découvrant des pages de

sortilèges et de recettes à lui donner la nausée : sorts pour maudire des ennemis, recettes pour rendre des enfants malades. Quelque chose n'allait vraiment pas. Contenir de la magie noire n'entrait pas dans la finalité du *Livre des Ombres*, Piper en était sûre. Alors, qu'est-ce que ça signifiait ?

Le mal venait-il d'y apparaître ou y avait-il toujours été ?

Elle tentait de remettre de l'ordre dans son esprit, mais son cerveau lui semblait atteint de paralysie. Ou peut-être était-elle juste en train d'attraper une migraine.

Dans sa recherche, elle débusqua un sortilège pour enlever ses pouvoirs à une sorcière, et qui nécessitait un cœur humain vivant.

Elle frissonna.

— D'où viennent ces choses horribles ? Depuis quand travaillons-nous avec des organes d'humains et d'animaux ?

— Je ne sais pas, dit Prue.

Elle se mit à piétiner, ce qui dénotait un signe évident d'excitation.

— Cet autre sortilège nécessite l'œil d'un chat, indiqua Piper, toute grimaçante, pensant à son siamois adoré. Je ne crois pas que Kit approuverait.

— Quelle importance, lança Prue. Tu prends encore la tangente, Piper. Tu as besoin de te concentrer. Pense aux bonnes sorcières. En connaissons-nous une seule dont nous pourrions voler les pouvoirs ?

— Phoebe, répondit Piper de manière automatique.

— Qui est Phoebe ?

Cette fois, Piper se trouva sans réponse. Une seconde... Qui est Phoebe ?

CHAPITRE 13

Phoebe ne pouvait en croire ses yeux. Son pouls s'accélérait tandis qu'elle appuyait sa joue sur l'écorce d'un arbre, s'efforçant d'écouter les voix sourdes et maléfiques. Hugh rencontrait le démon. Etait-il un élément du plan de ce dernier dès le début ?

Hugh jeta une petite bûche dans le feu, puis leva la tête avec une mine d'enfant triste.

— J'ai fait tout ce que vous m'avez demandé. J'ai donné à Prudence la tisane de racines, tasse après tasse. Prudence aurait dû passer totalement du côté obscur, à l'heure actuelle. Le sortilège ne marche pas, elle a toujours des moments de bonté.

La tisane !

Phoebe se mordit les lèvres ; dès son arrivée au cottage, Hugh avait insisté pour que Prudence boive cette tisane de racines. Un breuvage composé pour un sortilège malfaisant. Voilà qui expliquait, sans doute, les bizarres changements d'humeur de Prudence.

— La tisane de racines n'est pas un échec, rétorqua le démon d'un air suffisant. Elle écrit dans *Le*

Livre des ombres ; chaque sortilège qu'elle y ajoute sous son influence est de la magie noire.

Phoebe eut un haut-le-cœur à la seule pensée que le démon utilisait Prudence pour écrire de la magie noire dans *Le Livre des Ombres*. Une révolte sourde l'étreignait à l'idée que Hugh et le démon avaient voulu lui faire croire que Prudence pratiquait la magie noire, et qu'elle était son ennemie. Victime d'un sortilège maléfique, Prudence avait besoin de son aide.

— Et puis, il y a le problème de Phoebe, continua Hugh. Pourquoi avons-nous besoin d'elle ? Pourquoi l'avez-vous fait venir ?

Le démon éclata de rire.

— Je n'ai pu y résister, pour le plaisir d'observer tout cela. Phoebe causera sa propre perte. Je suis un Démon du Temps, ne l'oubliez pas. Répandre le mal à travers le Temps est ma spécialité. Vos attentions envers Phoebe ont rendu l'aimable Prudence jalouse. Elle se montre horriblement malade de jalousie. Phoebe nous aide sans même le savoir ! Une fois Prudence corrompue, sa descendance le sera aussi. Le côté obscur infectera Cassandra, qui contaminera sa fille, et cela se perpétuera de génération en génération. Chacune des *Charmed* deviendra un soldat du Mal plutôt qu'une sorcière de la Lumière.

Phoebe s'agrippa à l'arbre, enfonçant ses ongles dans l'écorce, tandis qu'une vision terrifiante lui apparaissait : Grams, sa mère, Piper et Prue... Toutes les femmes Halliwell seraient de mauvaises, monstrueuses et misérables créatures.

Et moi également, réalisa Phoebe, les genoux tremblants, et ce n'était pas à cause du froid.

— C'est le moment de passer à l'étape suivante, disait le démon. Un sacrifice humain est prévu. J'ai déjà transmis le sortilège à Prudence en rêve, mais elle semble hésiter. Vous devez renforcer votre influence sur elle, puis lui montrer comment prendre une vie innocente.

Hugh sourit.

— Mais qui devons-nous sacrifier ?

Le démon lui retourna son sourire.

— Phoebe Halliwell est un choix qui s'impose, ne le croyez-vous pas ?

Me tuer ? Phoebe plaqua son visage contre le tronc, essayant de rester calme et silencieuse.

Hugh se releva et, s'approchant du feu, prit un objet dans une poche de cuir qui pendait à sa taille et le jeta dans les flammes. Puis, les bras tendus, il commença une étrange incantation, inconnue de Phoebe. Stupéfaite, elle vit se dessiner une image de Prudence dormant paisiblement, qui vacillait au centre du feu, tandis que Hugh continuait de psalmodier.

C'est un sorcier ! réalisa Phoebe, l'estomac révulsé de dégoût. Comment ai-je pu ne pas m'en apercevoir ? Il s'était arrangé pour dissimuler les signes apparents des sorciers.

Puis l'image dans les flammes s'évanouit, et Hugh se tourna vers le démon.

— Le sortilège est en place et votre volonté sera accomplie. Prudence tuera avant l'aube.

Phoebe retint son souffle en s'éloignant de la clairière. Elle devait à tout prix éviter de se faire surprendre. Elle faillit trébucher sur une branche, se rattrapant au dernier moment. Puis, lorsqu'elle se trouva à une distance respectable, elle se mit à courir.

Sa lourde cape se gonflait derrière elle, tandis qu'elle s'enfuyait le long du chemin. Phoebe ne pouvait chasser de son esprit l'image de ces deux monstres, Hugh le sorcier parlant au-dessus du feu au démon vert. Elle supposait que, si le démon l'avait amenée là pour quelque raison, c'était uniquement pour le mal, mais de là à imaginer que toute sa lignée serait vouée à la magie noire !

Je dois empêcher cela de se produire ! Si seulement elle pouvait contacter Prue et Piper pour les avertir de ce qui se jouait. Mais comment envoyer un message vers le futur ?

Chaque acte d'aujourd'hui entraînera des conséquences dans le futur, se dit-elle convaincue. Elle atteignit la lisière des bois et ralentit sa course, se mettant à marcher d'un pas vif. Bon, peut-être pourrais-je graver un message sur une pierre et espérer que l'une d'elles le voie ? Ou envoyer une lettre – mis à part qu'il n'existe pas encore de service postal...

Elle tourna et retourna le problème dans son esprit pendant tout le chemin, jusqu'au cottage de Prudence. Regardant à travers la fenêtre, et voyant que la pièce principale était sombre et vide, elle se glissa à l'intérieur et passa les lieux en revue. Prudence et Cassandra dormaient dans leur chambre. Sans être sûre de ce qu'elle devait faire à présent, Phoebe grimpa sur une chaise et tira *Le Livre des Ombres* de sa cachette sous les poutres.

A la lueur d'une simple bougie, Phoebe ouvrit le livre. Elle se rappelait que le démon vert s'était qualifié de Démon du Temps. Trouverait-elle quelque information utile à ce sujet ?

Mais lorsqu'elle parvint à la fin des sortilèges déjà écrits, elle constata l'inutilité de sa recherche.

Une autre impasse, déplora-t-elle. Elle revint sur une page familière, portant le lumineux dessin d'une femme avec des fleurs sur la tête, une enluminure qu'elle aimait admirer, réfugiée dans son confortable grenier de *Halliwell Manor*.

L'image lui donnait matière à réflexion : si cette page avait traversé les époques et était parvenue jusqu'aux sœurs Halliwell, alors tout ce que Phoebe écrirait aujourd'hui apparaîtrait dans *Le Livre des Ombres* des centaines d'années dans le futur !

Phoebe se dépêcha d'atteindre les pages vierges de la fin, et se dirigea vers la petite table pour utiliser la plume d'oie de Prudence et son encrier. Et, prenant une profonde inspiration, elle commença à écrire.

« Ceci est un message de désespoir adressé à Piper et à Prue : A l'aide ! c'est moi, Phoebe... »

— Tu sais, une chasse aux sorcières n'est pas une mauvaise idée, finalement, dit Piper, adoptant la logique de pensée de sa sœur. Faisons la liste de toutes les sorcières que nous connaissons ayant des pouvoirs sympas, pour leur courir après... en établissant des priorités. Tu comprends ce que je veux dire ?

— Tout à fait ! (Les yeux avides de Prue s'illuminèrent.) Tu montes la liste, pendant que je fouille le livre à la recherche d'un sortilège maléfique.

Le rire qui accompagna ses paroles ressemblait à un ricanement, ou au croassement d'un corbeau quittant son abri.

— Quelque chose de méchant et d'infect, acquiesça Piper.

Elles joignirent leurs rires dans un concert tonitruant qui les empêcha d'en dire plus.

Prue s'arrêta net lorsqu'elle tourna la page.

— Ouah !

— Qu'est-ce que c'est ? s'enquit Piper.

Prue ouvrait tout grands ses yeux tandis qu'elle fixait du regard *Le Livre des Ombres*.

— On dirait un message, ici, et... il est en train de s'écrire ! (Elle entoura sa sœur de ses mains.) Regarde, là !

Elle empoigna Piper par le bras et la tira pour qu'elle voie ce qui se passait.

Piper n'en croyait pas ses yeux. Les mots s'inscrivaient d'eux-mêmes sur la page, à l'encre noire : « Ceci est un message de désespoir adressé à Piper et à Prue. »

— Comme c'est étrange ! Et cette écriture m'est familière.

— Tu as raison, laissa échapper Prue. Très étrange.

— Attends, c'est un message de... Phoebe.

— Phoebe ? répéta Prue.

En un instant, Piper recouvra la mémoire, et vit Phoebe, en petite fille, puis en adolescente, la faisant rire comme personne d'autre. Phoebe représentait toujours l'une des deux personnes qu'elle aimait le plus. Elle l'imaginait découvrant *Le Livre des Ombres*. Et, finalement, poursuivant un démon dans un passage obscur et disparaissant de leurs vies.

A présent, voilà qu'un message leur parvenait...

— Elle est en vie ! (Piper jeta un bras autour des épaules de Prue et se mit à sautiller en chantonnant :) Elle est vivante !

CHAPITRE 14

Debout, proches l'une de l'autre, Piper et Prue regardaient avec stupeur le texte qui s'affichait sur la page.

« Ceci est un message de désespoir adressé à Piper et à Prue :

« A l'aide ! C'est moi, Phoebe. Je suis vivante et prisonnière à Salem, Massachusetts.

« Oui, Salem, terre de la chasse aux sorcières. On m'a dit qu'on était en 1676, et je vis chez cette femme nommée Prudence, qui est en fait notre ancêtre – et je suppose, ton homonyme, Prue. Elle ne m'aide pas vraiment, parce qu'elle est sous l'emprise d'un sortilège maléfique.

« Le sorcier qui nous a attaquées est en fait un Démon du Temps (je ne sais pas ce que ça signifie) ; il m'a aspirée à travers une porte – une sorte de fissure dans le temps ou quelque chose comme cela –, et j'ai atterri à cette époque.

« Le démon est là aussi, semant les graines du mal pour ruiner notre famille. Enfin, je suis seule, sans une bonne sorcière en vue, et je coule. A L'AIDE !

« Je vous aime, les filles ! Et vous me manquez !

« Phoebe. »

Piper demeurait prostrée après cette lecture ; la découverte de la situation de Phoebe lui avait coupé l'envie de voler les pouvoirs de quelqu'un d'autre, et dissipé la brume qui obscurcissait son esprit.

Le grenier ne paraissait plus si sordide à présent. Il y avait juste quelques toiles d'araignées et de la cire fondue, c'est-à-dire rien qu'on ne puisse nettoyer avec un balai et une pelle.

Et Prue... Se tournant vers sa sœur, Piper ne ressentit plus la colère et la jalousie qui l'avaient précédemment dominée. Prue était sa sœur ; oui, elle se montrait parfois autoritaire, mais son cœur demeurait le même. Sans doute pas ces derniers jours... mais de manière générale.

— Réalises-tu ce qui s'est passé ? réagit enfin Prue. Depuis la disparition de Phoebe, nous avons glissé vers cet abysse sombre. Mais tout à coup, peut-être parce que je sais qu'elle est toujours en vie... je me sens de nouveau mieux.

— Je comprends ce que tu veux dire.

— Comment avons-nous pu oublier que nous sommes les sœurs *Charmed* ? s'interrogeait Prue, se perdant dans le labyrinthe de ses réflexions.

— Nous sommes inachevées sans Phoebe, mais c'est encore pire que ça. Nous dérivons dangereusement, frissonna Piper. Je me sens comme... souillée.

— Eh bien, tâche de nettoyer ton esprit, et dépêche-toi d'imaginer une façon d'aider Phoebe. Nous avons du pain sur la planche.

Prue tourna les pages du *Livre des Ombres*.

— Je me demande s'il existe un sortilège là-dedans qui nous permettrait de lutter contre ce Démon du Temps. Regardons.

Cela ne prit pas longtemps avant de trouver une référence au Démon du Temps. Selon le livre, son nom était Falcroft.

— Falcroft est très puissant, très nuisible, Piper, lut-elle. Il ne cesse de causer des ravages dans la succession du temps.

— Pour l'instant, il s'est trouvé une super-occupation : il a introduit le mal dans notre vie, nota Prue. A cause de son action malfaisante, nous avons basculé dans la magie noire.

— C'est trop angoissant, reprit Piper. Si nous n'arrivons pas à le juguler, ses projets de corruption de l'avenir et de notre présent, se réaliseront.

— Et d'innocentes personnes subiront sa méchanceté, dit Prue, le regard triste.

— Et nous ne redeviendrons jamais nous-mêmes, ajouta Piper.

Prue se passa nerveusement la main dans les cheveux.

— Nous connaissons donc le nom du démon. Peut-être pourrions-nous le faire venir ?

— Faire venir un démon ? dit Piper en grimaçant. Oh oui, bien sûr. Demandons-lui s'il est disponible pour le dîner ou autre chose.

— Disons, pour autre chose.

Prue retourna au *Livre des Ombres*.

Je pense qu'il y a là un sortilège qui nous aiderait à le convoquer.

— Je ne suis pas sûre que ce soit la chose la plus pertinente à faire pour l'instant. Je veux dire, une fois qu'il sera là, que ferons-nous de lui ?

— Bonne question, dit Prue en fronçant les sourcils.

La bougie s'était consumée presque entièrement, mais Phoebe lisait toujours à la faible lueur qu'elle émettait. Elle avait fini la lettre à ses sœurs depuis une heure, mais restait éveillée pour étudier le sortilège visant à éliminer le démon. Elle possédait tous les ingrédients, sauf un, et il lui manquait une sorcière. Pourtant, elle voulait être sûre d'en connaître par cœur chaque mot. Elle devait se trouver fin prête.

La tête penchée sur la table, Phoebe se figea lorsqu'elle entendit quelque chose grincer.

Prudence se tenait dans l'entrée de la chambre.

— Ils m'ont dit que vous étiez une sorcière, mais je sais qu'ils avaient tort.

Les yeux de Prudence étaient marqués de cernes noirs. Ses pommettes paraissaient amaigries et creuses sous la faible lumière.

— Vous êtes un démon maléfique, venu me voler mes pouvoirs et mon homme.

— Oh, ma chère Prudence, c'est faux, protesta Phoebe avec une profonde sincérité.

Elle recula la chaise pour se lever et Prudence se raidit de peur.

Cette dernière pointa sa main vers Phoebe avec un air de concentration déterminée. Phoebe sentit alors une étrange résistance l'environner, mais cela ne l'empêcha pas de se tenir debout et d'avancer d'un pas en direction de Prudence.

— Pourquoi est-ce que cela ne marche pas ? marmonna Prudence, le souffle coupé.

Phoebe cligna des paupières. Elle réalisa que Prudence avait essayé d'utiliser la télékinésie pour l'arrêter, mais les pouvoirs de Prudence n'avaient pas fonctionné, sans doute parce que Phoebe était une *Charmed*.

— Mes pouvoirs ont disparu ! (L'angoisse altérait les traits de son visage.) C'est à cause de vous et de vos pouvoirs maléfiques !

— Non, non, je suis une sorcière, mais pas le genre que vous imaginez.

Phoebe s'approcha pour la calmer, mais Prudence recula devant ce mouvement, et heurta le buffet.

La voix de Prudence prit des accents hystériques.

— Vous êtes venue pour tout me prendre !

— Ce n'est pas vrai, je vous assure. Si vous me laissiez faire, je pourrais vous aider, dit Phoebe, esquissant encore quelques pas vers elle.

— Non, arrêtez !

Prudence tomba en arrière, tâtonnant le plan de travail derrière elle. Lorsqu'elle se releva, elle tenait un long couteau de chasse bien affûté.

La lame scintilla à la lumière de la bougie. Phoebe sentit sa gorge se serrer. Qu'avait dit Hugh ? « Le sortilège est en place. Prudence tuera avant l'aube. »

— Vous ne me donnez pas le choix, dit la femme en levant le couteau. (Sa voix s'échappait dans un souffle rauque et une lueur de sauvagerie brillait dans ses yeux.) Je dois vous tuer, acheva-t-elle, fixant Phoebe, qui tremblait.

CHAPITRE 15

— NE FAITES PAS ÇA, JE VOUS EN PRIE ! hurla Phoebe.

Mais des yeux bleus de Prudence émanait une lueur de folie. La lame de couteau plongea vers sa poitrine.

C'est la fin, pensa Phoebe. Et la fin de générations futures de bonnes sorcières. Tout est scellé, maintenant.

Mais la lame n'atteignit pas son but. Prudence lâcha son arme, qui tomba sur le sol. Puis elle s'effondra, pliée en deux, et fondit en larmes.

Phoebe respira profondément. Elle était toujours en vie. Comme il faisait bon vivre. Par chance, l'état d'esprit de Prudence s'était modifié au moment de la frapper. Phoebe s'agenouilla près d'elle et lui mit la main sur l'épaule.

— Ne me touchez pas, l'avertit Prudence. Je suis sous l'effet d'un envoûtement, d'un sortilège maléfique. Je suis capable du pire.

— Je sais tout cela.

Prudence la regarda avec surprise.

— Ecoutez, tenta de la rassurer Phoebe, rien

n'est votre faute. Hugh est un sorcier qui vous a jeté un sort. Il est de mèche avec un horrible démon pour pervertir vos dons et détruire le pouvoir magique de vos descendants.

Phoebe se dirigea vers *Le Livre des Ombres*, toujours ouvert à la page du sortilège utilisé pour éliminer les démons. Elle le feuilleta rapidement, se souvenant de quelques lignes qu'elle y avait lues plus tôt. Phoebe sourit lorsqu'elle retrouva le passage qu'elle cherchait : « Un sortilège pour rompre un enchantement. »

— Bon, vous allez vous sentir beaucoup mieux dans un instant, Prudence.

Phoebe assembla des bougies et les ingrédients nécessaires. Elle trouva le porte-bonheur en croissant de lune qui avait appartenu à Melinda, la mère de Prudence. Il constituerait pour les *Charmed* un talisman de grande valeur. Elle ramassa la poupée de chiffon de Cassandra pour servir de « signe de famille », et elle prit la serviette de table en lin de Hugh en guise de « pièce maléfique à chasser ».

Phoebe s'assit sur le sol face à Prudence, lui plaça la poupée sur les genoux, puis posa le porte-bonheur en or dans un bol entre elles. Les bougies allumées, elle s'avança et prit la main de Prudence.

— Vous allez devoir répéter les paroles après moi, d'accord ?

Prudence acquiesça, les yeux noyés de pleurs.

Phoebe se plongea dans *Le Livre des Ombres* et se mit à réciter :

Du jour à la nuit,
De la nuit au jour,
Brise le sortilège
Jette-le au loin.

Les traits de Prudence s'étaient faits de pierre.

— Allez-y, Prudence, réveillez-vous !

Prudence leva les yeux, puis inclina la tête avec lassitude.

— Bon, essayons une nouvelle fois.

Phoebe lui serra très fort les mains, et toutes deux psalmodièrent :

— « Du jour à la nuit, de la nuit au jour, brise le sortilège... »

Une lumière brillante et dorée forma un halo autour des deux femmes, les illumina, puis s'évanouit. Phoebe réalisa que la serviette de lin avait disparu, et regarda Prudence, qui lui adressa un petit sourire. Ses yeux étaient clairs et lumineux, à présent, son visage radieux.

— Le sortilège est détruit, dit Prudence, d'une voix redevenue joyeuse.

Elle souffla les bougies, puis étreignit affectueusement Phoebe, qui ferma les yeux tout en la serrant à son tour avec une infinie tendresse. Cela faisait tant de bien d'avoir une amie pour la première fois depuis des jours et des jours.

— Bienvenue au monde de la lumière, dit-elle doucement.

Prudence, rayonnante, se pencha vers Phoebe.

— Maintenant, Phoebe Halliwell, aidez-moi à

éclaircir tout ce mystère. Qui êtes-vous vraiment, et pourquoi êtes-vous là ?

Phoebe lui rendit le porte-bonheur en forme de croissant de lune.

— Mettez d'abord ceci en lieu sûr. Je sais que cela compte énormément pour vous.

— Oui, il appartenait à ma mère.

Prudence serra l'objet dans sa paume et une pâleur soudaine s'inscrivit sur ses traits. Ses yeux devinrent vitreux et son regard se fit distant.

Phoebe lui toucha gentiment le bras.

— Prudence, qu'est-ce qui ne va pas ?

— Une vision, dit-elle en frissonnant, à l'évidence effrayée.

— Qu'est-ce que c'était ? Dites-le-moi.

— Non, n'en parlons pas. (Elle prit une profonde inspiration, et se retourna pour allumer un feu dans la cheminée). Nous avons peu de temps, et nous avons tant à faire.

Le soleil du matin éclairait déjà la fenêtre. Les deux femmes s'assirent à la table, et firent plus ample connaissance. Phoebe évoqua le diable, la faille dans le temps et les futures générations de *Charmed*. Elles parlèrent aussi de Hugh.

— Je réalise qu'il est complice de ce démon, dit Prudence, mais j'ai du mal à imaginer qu'il soit un sorcier. Autrefois, il se montrait gentil et attentionné. Savoir qu'il a basculé dans le mal me brise le cœur.

— Il devrait y avoir encore de l'espoir pour lui, mais nous allons d'abord supprimer ce démon, grâce à un sortilège pour lequel j'ai déjà collecté tous les ingrédients, enfin, presque. Savez-vous où trouver de la carotte fourragère ?

Prudence se mit à rire alors qu'elle coupait quelques tartines de pain.

— Je crois qu'il y en a tout près de la rivière.

— Et quand je pense que j'ai fouillé les bois de fond en comble.

Prudence mit le pain sur la grille dans la cheminée.

— Je sais exactement où en trouver, mais je dois d'abord m'occuper de Cassandra, pour la mettre en sûreté durant les prochains jours.

Elle appela sa fille et disparut dans la chambre. En quelques minutes, Cassandra fut habillée ; elle avala rapidement un petit déjeuner tout en frottant ses yeux ensommeillés.

— Pourquoi est-ce que je dois aller chez miss Mary Pierce ? demanda-t-elle d'une voix aiguë. On lui a bien rendu visite il y a juste quelques jours ?

— C'est une bonne amie, déclara Prudence avec emphase. (D'une main délicate, elle attacha le bonnet de sa fille et lui tendit une motte de beurre.) Tu peux lui apporter ceci, je suis sûre que Mary sera ravie de te revoir.

Prudence se baissa pour embrasser sa fille, la serrant avec chaleur et tendresse.

— Au revoir, ma chérie, je t'aime si fort.

Elle caressa la pommette de sa fille, puis ouvrit la porte.

Lorsqu'elle la referma, Phoebe remarqua qu'elle avait les larmes aux yeux.

— Prudence, racontez-moi cette vision.

Mais elle se contenta de secouer la tête.

— Avez-vous oublié le premier travail du jour ? (Elle ouvrit *Le Livre des Ombres* à l'endroit du sortilège pour bannir le démon, et y plaça une fleur pour marquer la page.) Pourquoi ne commencez-vous pas à rassembler les ingrédients que vous avez ? Je vais au ruisseau à la recherche de la carotte fourragère.

— D'accord, mais maniez-vous le train, sinon, nous allons dans le mur.

— « Manier le train ? » répéta Prudence. Quelle façon étrange de parler.

Elle attrapa un châle et se dirigea vers la porte.

— Prue ! appela Piper depuis le grenier. Je l'ai trouvé, c'est parfait !

Elle tenait un joli objet de verre brun : une sphère composée de petites étoiles qui décrivaient des cercles à l'intérieur. Cette décoration de Noël avait été la préférée des trois filles, lorsqu'elles étaient enfants. Chaque année, en décorant l'arbre, c'était à qui poserait cette décoration dans le sapin. Elle ferait l'affaire aujourd'hui.

Le sortilège réclamant un « délicat objet de dispute », Prue et Piper s'étaient montrées perplexes. En plongeant dans ses souvenirs, Piper avait fini par retrouver l'existence de cette sphère que chacune d'elles voulait s'approprier. Et comme elles ne pouvaient concrètement utiliser aucun de leurs petits amis du lycée, cette décoration restait l'autre choix possible.

Entendant les pas de Prue dans l'escalier, elle plaça un morceau d'étoffe dans le bol d'argile et y déposa délicatement l'objet.

— J'ai eu de la chance, moi aussi, annonça Prue en entrant précipitamment dans le grenier.

Elle apportait une rose, un œuf et une brique couverte de boue, provenant de l'arrière-cour. Elle posa les objets un à un sur la table basse.

— Cela devrait convenir, remarqua Piper, jetant un œil à la liste. Rappelle-moi juste ce que nous allons faire lorsque le démon sera ici.

— Tu vas le figer, et je vais l'expédier dans un autre plan astral.

Piper fronça les sourcils.

— J'espère que tu te sens super-forte aujourd'hui...

Prue s'agenouilla devant la table et réorganisa les ingrédients pour le sortilège.

— Aie confiance, dit-elle en prenant la décoration de verre. Ce sera...

Crunch !

Piper éprouva un malaise.

— Que se passe-t-il ?

— La décoration ! (Le visage de Prue devint livide tandis qu'elle regardait fixement le sol). Elle m'a échappé des mains !

L'objet s'était brisé en minuscules morceaux.

— Oh non ! se désespéra Piper d'une voix

empreinte de frustration. Qu'allons-nous faire maintenant ?

— Je... je ne sais pas ! répondit Prue dans un cri de désarroi.

Piper se frottait les tempes.

— Tout était prêt, il y a juste une minute. Si seulement nous pouvions remonter une minute en arrière...

Whoooosh !

D'étranges sons s'échappèrent de la bouche de Piper, et elle se sentit se comporter comme un robot. Prue émit également des bruits tout aussi étranges, puis leva les bras, tandis que les éclats de verre sur le sol se reformaient en boule, pour retourner d'un bond dans sa main.

Whoooosh !

Cet épisode s'acheva aussi rapidement qu'il avait commencé. Prue tenait la décoration reconstituée, intacte.

— Incroyable !

Fixant l'objet du regard, Prue se retourna vers Piper, et la boule de verre s'inclina de nouveau insensiblement.

— Je vais en prendre soin, dit Piper, se précipitant pour enserrer la boule de ses deux mains.

— Tu as vraiment fait cela ? Retourner en arrière dans le temps ?

Piper sourit.

— Je crois que oui. (Elle replaça précautionneusement la boule de verre dans le bol.) Est-ce que ce pourrait être le nouveau pouvoir que je tiens de ce démon ?

— Piper ! tu possèdes le pouvoir de remonter le temps, c'est ce dont nous avons besoin pour sauver Phoebe, s'exclama Prue.

CHAPITRE 16

Prue piétinait encore, sa chemise noire se balançant derrière elle.

— Ça change tout ! Maintenant, tu peux nous faire remonter le temps jusqu'en 1676.

Piper espérait pouvoir les transporter à la bonne date. Après tout, remonter le temps devenait un nouveau pouvoir pour elle, et il était hors de question de rater son coup.

— Et avec mes nouveaux pouvoirs, je peux nous transférer au Massachusetts, dit Prue en se croisant les bras. C'est parfait.

— Mais si nous faisons quelque chose qui change l'Histoire d'une manière dévastatrice ? s'inquiéta Piper.

— Nous prendrons soin d'éviter cela. C'est bizarre de perturber la suite logique des événements, mais le démon est déjà en train de le faire, et nous devons l'arrêter. C'est la seule façon de le vaincre et de ramener Phoebe.

Alors qu'elle installait une nouvelle bougie sur un chandelier de terre cuite, Piper remarqua la tenue de sa sœur, qui portait une longue robe assortie d'une cape de velours noir.

— Tu ressembles à une sorcière de livres pour enfants. Tu vas faire sensation à Salem !

Prue la regarda avec scepticisme.

— Et depuis quand adoptes-tu cette mode ? Pourrais-tu paraître plus sombre qu'avec ce fard sur tes paupières ?

— Ne sois pas timide, et dis-moi ce que tu en penses, fit Piper en éclatant de rire et appréciant de plaisanter de nouveau avec sa sœur.

Ces derniers jours, leurs relations avaient été tellement mauvaises, et là, comme avant, elles étaient unies.

— Pourvu que ça marche, espéra Piper, tandis qu'elles unissaient leurs mains.

— Concentre-toi sur Phoebe, sur le village de Salem dans le Massachusetts, car nous allons nous téléporter en 1676.

Whooooosh !

Tandis qu'elle se concentrait sur l'année 1676, Piper vit Prue perdre toute épaisseur et se replier sur elle-même. Soudainement, son propre monde explosa en de magnifiques éclats lumineux.

Le cottage de Prudence était étrangement calme tandis que Phoebe attendait son retour. Tous les ingrédients se trouvaient alignés en un demi-cercle autour de la cheminée. Comme ce sortilège impliquait que la sorcière les jetât dans le feu, Phoebe avait supposé que l'âtre représentait l'endroit le plus adapté pour cela.

Il ne manquait plus que Prudence et la carotte fourragère. Où était-elle donc ? Chaque seconde comptait.

— Me voilà, dit Prudence, en entrant vivement, provoquant le grincement de la porte.

— Enfin, soupira Phoebe. Je commençais à penser que vous aviez eu à vous téléporter jusqu'à Tahiti pour la trouver.

— C'est quoi, Tahiti ? demanda Prudence.

— Je vous expliquerai plus tard. Aidez-moi à allumer ces bougies et commençons le sortilège.

Ensemble, elles allumèrent deux bougies et s'agenouillèrent chacune d'un côté du foyer. Phoebe se tourna vers *Le Livre des Ombres*, déposé au milieu, et commença à lire à voix haute :

Amis de la lumière et sœurs du soleil,
Lune d'hiver et averse d'été...

Slaam !

La porte s'ouvrit de nouveau brutalement.

Phoebe tressaillit et leva les yeux. Hugh Montgomery se tenait dans l'entrée, les fixant du regard.

— Hugh, dit Prudence, se relevant pour se précipiter vers lui. Mon Dieu, vous sentez-vous mal ? Vous êtes terriblement pâle.

— Ma santé est bonne, répondit-il, regardant Phoebe avec ses yeux de fouine, chargés de suspicion. Ma pâleur vient uniquement du fait que je viens de voir une sorcière.

Phoebe se leva, ne voyant pas comment nier l'évidence.

— Oh, Hugh, je comprends que vous vous interrogiez sur la situation, commença Prudence, mais nous étions juste... Juste en train de surveiller le feu, et...

— Je ne peux en croire mes yeux ! s'exclama-t-il.

— S'il vous plaît, restez calme, l'arrêta Prudence.

— Non ! Et regardez ce qui vous arrive, soudain avec un esprit et une volonté propres. (Toute prétention à la bonté s'était envolée. Alors qu'il parlait violemment à Prudence, le monstre en lui commençait à montrer ses dents.) Vous êtes retournée de l'autre côté.

Prudence demeura immobile un moment, comme assommée.

— Ecoutez, commença Phoebe, pourquoi ne sortez-vous pas votre joli derrière d'ici ? Autrement, ça ne fera pas un joli spectacle.

Furieux, Hugh se tourna vers elle et pointa la main vers la cheminée. Une boule de feu en jaillit, qui s'écrasa à ses pieds.

— Ouah !

Phoebe bondit en arrière tandis que des étincelles et de la fumée emplissaient l'air. Il l'avait manquée, mais de peu.

Elle savait qu'il était un sale cochon de sorcier

sexiste, mais qu'il puisse projeter des boules de feu... !

— Hugh, arrêtez tout ça, maintenant ! ordonna Prudence.

Toujours bouillant, Hugh dirigea vers Prudence une seconde boule de feu du foyer.

Immédiatement, elle allongea les mains pour l'arrêter, mais la boule de feu se transforma en une corde incandescente qui s'enroula autour d'elle en une spirale enflammée.

— Vos pouvoirs sont bien faibles, ironisa Hugh. Vous ne pratiquez pas assez, ma chère, et vous avez pris trop de tisane de racines.

D'un claquement de doigts, il resserra les anneaux autour de son corps.

— Hugh, par pitié ! supplia-t-elle, tandis que les flammes lui léchaient les épaules.

— Arrête, espèce d'imbécile ! lui hurla Phoebe.

Des points lumineux dansaient devant les yeux de Piper, se transformant en un carré de lumière, puis en un rectangle qui continua à se déplier jusqu'à devenir Prue, mais en une reproduction aplatie. Piper pouvait sentir les mêmes changements s'opérer en elle, tout en voyant sa sœur redevenir tridimensionnelle et commencer à bouger.

— Nous sommes donc à Salem, nota Prue, regardant autour d'elle, les mains sur les hanches.

— Espérons-le.

Piper examina le toit de chaume de la cabane de rondins devant laquelle elles avaient atterri.

« Phoebe ! » : le nom leur parvint, provenant du cottage.

Piper ressentit un mélange de sentiments : elle se sentait encouragée parce qu'elles étaient arrivées au bon endroit, et en même temps inquiète que Phoebe soit en grand danger.

Piper et Prue se retournèrent et entrèrent en coup de vent par la porte de bois du cottage. Là, Piper resta bouche bée à la vue de la scène bizarre qui se déroulait.

Une belle jeune femme blonde luttait pour sa vie, enserrée dans un cordon de flammes ; un sorcier grand, beau et sombre, contrôlait ce collier enflammé, le resserrant de plus en plus. Et Phoebe, debout près de la femme, essayait de défaire les anneaux avec un tisonnier, ses efforts paraissant vains. La femme allait mourir, lentement, atrocement, brûlée vive.

Stop ! pensa Piper, lançant son propre pouvoir sur la scène.

Le temps se figea, et Phoebe, se trouvant propulsée en avant, s'écroula littéralement dans les bras de ses sœurs.

— Je suis incroyablement contente de vous voir, murmura-t-elle dans le creux de l'épaule de Piper.

— Tu nous as manqué aussi.

Piper étreignit ses deux sœurs un moment, ne voulant pas les laisser partir.

— Promets-nous de ne plus jamais disparaître comme cela, gronda Prue en reculant. Et avant que le sortilège de Piper cesse, arrangeons cette situation. (Désignant Prudence :) Je suppose qu'elle est l'ancêtre que tu as mentionnée dans ta lettre.

— Son nom est Prudence Wentworth, notre arrière-arrière-arrière-grand-mère, et ce dandy est un sorcier, au service du démon. Je l'aurais envoyé faire ses valises plus tôt, mais Prudence pense qu'on peut le ramener dans le droit chemin.

— Compris.

Utilisant ses pouvoirs, Prue déroula rapidement les flammes qui entouraient Prudence. La corde incandescente se rompit en morceaux sur le sol, devenant des braises sans danger. Le corps de Prudence se détendit bientôt.

— Soyez bénies, mes sœurs, merci.

— De rien, répondit Prue.

Elle fit bouger une chaise et y installa Hugh. Puis elle utilisa son pouvoir pour soulever un rouleau de corde qui se trouvait sur la table, et l'enroula autour des bras, des jambes et de la poitrine de l'homme un nombre infini de fois.

Phoebe fouilla dans un pot contenant une matière poisseuse, étiqueté : « Baume pour les brûlures », et commença à l'étaler sur la peau rougie et couverte de cloques de Prudence. D'un seul coup, comme par miracle, les brûlures commencèrent à cicatriser.

Piper se pencha pour observer le phénomène.

— Je suis très impressionnée. Avez-vous préparé vous-même ce produit ?

— Oui, vraiment, fit Prudence, rougissante.

— J'espère que cela ne vous dérangera pas de

nous laisser la recette, dit Piper en posant la main sur *Le Livre des Ombres*.

— Si j'en suis capable, je n'y manquerai pas, promit Prudence.

Un début de mouvement attira l'attention de Piper. L'immobilisation du temps se terminait. Hugh se mit à décocher des coups de pied pour se libérer de ses liens, jurant comme un forcené.

— Sorcières, vous êtes toutes des sorcières !

— Ce sont mes sœurs, dit fièrement Prue en leur caressant le dos.

— Merci de... d'être venues à notre secours, dit Prudence en s'inclinant gracieusement. Phoebe a levé l'envoûtement qui était sur moi, mais le démon Falcroft a jeté le cours du temps dans le chaos. Nous devons le trouver pour l'empêcher de nuire.

— Par chance, nous avons tout ce qu'il nous faut pour y parvenir, raconta Phoebe, aussi...

Grrrr ! Un grondement animal surgit d'un coin de la pièce où Hugh s'agitait violemment. De la fumée montait autour de lui.

— La corde ! remarqua Piper. Elle se consume !

Hugh se libéra enfin et bondit hors de la chaise. Piper était sur le point de geler le temps quand Hugh disparut au-dehors.

— Désolée, les filles, soupira-t-elle, il a été trop rapide pour moi.

— Ce n'est pas grave, commenta Phoebe en lui tapotant l'épaule de la main. (Elle se dirigea vers la porte.) Je sais où le trouver.

— Je vais avec vous, répliqua Prudence en prenant sa cape.

— Attendez, les interrompit Prue. (Piper se retourna et vit sa sœur en train de regarder par la fenêtre, les yeux fixés vers le lointain.) Je ne pense pas que vous souhaitiez vous jeter dans cette foule de gens, là-bas.

Elles se précipitèrent pour rejoindre Prue à la fenêtre. Plus bas, au pied de la colline couverte d'herbe, une bande de villageois se rapprochaient... Bien qu'on soit le matin, ils portaient des torches, ce qui n'était pas bon signe.

— Les villageois ! constata Prudence. Je savais qu'ils reviendraient, mais pas si tôt.

Le groupe s'arrêta, tandis que Hugh s'approchait d'eux et parlait avec leur chef.

— Je doute qu'il chante nos louanges, observa ironiquement Piper.

Les villageois se mirent à courir vers le cottage de Prudence, et à mesure qu'ils approchaient, Piper pouvait percevoir toute leur colère. L'un d'entre eux entonna un chant qui s'amplifia très vite.

— Que disent-ils ? demanda Prue.

Phoebe fronça les sourcils.

— Des rythmes en ère... je ne crois pas qu'ils veulent de la bière...

— Sorcière... Sorcière... Sorcière...

La foule grondait de plus en plus fort.

— Bon, maintenant, c'est officiellement effrayant ! décréta Piper.

Dehors, leur chef cria :

— Nous venons chercher la sorcière Phoebe !

— Phoebe, releva Piper, surprise, comment se fait-il qu'ils te connaissent ?

— Que puis-je dire... J'ai fait sensation, plaisanta Phoebe en se mordillant nerveusement les lèvres.

Des poings commencèrent à heurter violemment la porte de bois. Une fois encore, la foule entonna :

— Livrez-nous la sorcière ! Livrez-nous la sorcière !...

— Attention ! hurla Prue, évitant une pierre que quelqu'un lança à travers la fenêtre.

Piper l'csquiva également, et Prudence, Phoebe et Prue eurent juste le temps de s'écarter avant que la pierre ne brise la vitre, suivie d'une autre qui passa au travers pour choir dans la pièce.

— Au moins la vitre est trop petite pour que quelqu'un y pénètre. Venez dans la pièce de derrière, dit Prudence. Il n'y a pas de fenêtre, là.

— Je ne pense pas que les fenêtres soient le seul problème, remarqua nerveusement Piper.

La lourde porte de bois du cottage vacillait en effet. La fureur de la foule augmentant à chaque instant, le bruit était désormais assourdissant.

— La sorcière Phoebe doit être pendue !

CHAPITRE 17

— Le mieux ne serait-il pas que je leur parle ? proposa Prudence.

— N'ouvrez pas cette porte ! lui intima Piper. Ils vont peut-être s'en aller.

— Non, ils ne partiront sûrement pas, dit Phoebe.

Elle se dirigea vers la porte et posa sa main sur la poignée, comme pour l'ouvrir.

Piper appliqua sa main sur le lourd panneau de bois, le maintenant fermé.

— Nous n'allons pas leur faciliter la tâche !

— Pardon, dois-je te rappeler que nous sommes dans une maison avec un toit de chaume, entourées d'une foule en colère, équipée de torches ? Nous allons tout droit à l'incendie, rétorqua Phoebe, en ouvrant le loquet. Je vais sortir, et si les choses dégénèrent, tu pourras arrêter le temps, Piper.

— Cela va à l'encontre de la raison, annonça Piper, tandis que Phoebe ouvrait la porte.

Elle suivit sa sœur dehors, et firent face à une vingtaine de personnes rassemblées devant le cottage ; la haine qui brillait dans leurs yeux était si intense qu'elle donnait l'impression de leur transpercer la peau.

— La voilà ! cria un des hommes. Attachez-lui les mains avant qu'elle puisse nous jeter un sort maléfique.

Deux hommes sortirent de la foule et s'avancèrent vers Phoebe.

Piper et Prue firent écran devant leur sœur, rejointes par Prudence qui décida d'haranguer la foule :

— Bonnes gens de Salem, s'il vous plaît, écoutez-moi. Ce serait une grave erreur de faire du mal à cette jeune femme.

Les deux hommes s'arrêtèrent, la foule devint silencieuse. Piper se demanda s'ils reconsidéraient la question lorsque Hugh s'avança.

— Prudence Wentworth dit la vérité, s'interposa-t-il. Ce n'est pas Phoebe, la sorcière ! La vraie source du mal, c'est Prudence elle-même !

Un murmure s'éleva de la foule qui se transforma rapidement en de nouvelles vociférations :

— Mort aux sorcières !

— J'ai la preuve que la veuve Wentworth est la vraie sorcière. C'est elle qui a jeté un sort à Phoebe lorsqu'elle est arrivée dans notre village ; un sort pour faire se consumer ses vêtements comme une flamme fait fondre une bougie.

— C'est faux ! protesta Phoebe. Prudence n'a rien à voir avec mes vêtements. Tout cela est à cause de vous, Hugh, et de votre ami le démon. Et à propos de sorcellerie, qui est le sorcier ici ?

Hugh prit soudain un air compatissant.

— La pauvre enfant est devenue folle. Ne croyez pas ce qu'elle dit.

— Vous sautez rapidement aux conclusions, intervint Prue. Cette femme vous a-t-elle jamais fait du mal ?

— Elle a causé la mort d'un bébé. C'est à cause d'elle que celui de Mme Gibbs n'est pas né. L'enfant allait naître, mais Prudence lui a jeté un sortilège d'attente, je l'ai vu faire de mes propres yeux !

— L'enfant n'était pas à terme, protesta Prudence. Il n'aurait pas survécu ; je voulais lui donner une chance de vivre.

— La veuve Wentworth est la vraie sorcière, pas cette simple d'esprit, clama une femme, montrant du doigt Phoebe.

— C'est Prudence Wentworth qui doit être pendue, ajouta un homme imposant.

— Pendez-la ! Pendez-la ! Pendez la sorcière !

Avant qu'une des sœurs *Charmed* ait eu le temps de réagir, deux hommes se saisirent de Prudence et commencèrent à lui lier les mains.

— Non, pas de pendaison, dit Hugh, sautant sur l'occasion, une purification est nécessaire. Nous devons extirper le mal d'elle en la noyant.

— Noyons-la, rugit la foule.

Prudence pâlit, semblant sur le point de s'évanouir.

Piper en avait assez vu, et s'apprêtait à figer cette horrible scène de foule.

— Non, Piper ! lui cria Prudence. N'interviens

pas. J'ai eu une vision... Une vision de mon destin, je crois. J'étais sous l'eau, les mains attachées, incapable de bouger et de respirer. C'est ce qui doit s'accomplir, et si je vous laisse influer sur les événements, l'Histoire entière en sera changée. Vous pourriez même ne plus exister dans le futur.

Prue grimaça.

— Elle a peut-être raison. (Se tournant vers Prudence :) Mais comment savoir que vous avez eu la vision de votre destinée ?

— C'était si fort, soupira Prudence. Cela doit être vrai.

Un des gardes cessa d'attacher les mains de Prudence, la regardant avec crainte.

— Silence, sorcière ! ordonna-t-il.

Des pleurs jaillirent des yeux de Phoebe, tandis qu'elle se jetait en avant pour saisir les mains de Prudence.

— Nous ne pouvons vous laisser partir !

— Mais vous le devez, insista Prudence. Vous ne pouvez prendre le risque de modifier le futur.

Les deux hommes l'emmenaient déjà. D'un geste de la tête, elle dit au revoir aux sœurs *Charmed*, puis se tourna et accompagna les villageois pour se préparer à son jugement.

— Alors, que sommes-nous censées faire ? interrogea Piper. Rester immobile tandis qu'une foule en colère assassine notre ancêtre ?

— Non. Nous devons la sauver, insista Phoebe.

— Je sais que tu le désires, dit Prue. Mais tant que le démon rôde par ici, nous ne pouvons la protéger. Il peut faire avorter toutes nos tentatives. Nous devons nous occuper de lui en premier.

— Bien que ce soit difficile à avaler, je crois que tu as raison, intervint Piper. D'abord le démon, la noyade ensuite.

— Et n'oublions pas Hugh, il mérite qu'on lui réserve quelque chose, rappela Phoebe à ses sœurs.

— D'accord, mais Falcroft vient en premier. Aucune idée d'où nous pourrions le trouver ? s'enquit Piper, tandis que Phoebe glissait un étrange assortiment d'objets dans la poche de sa cape.

— J'espère que vous avez vos chaussures de randonnée, parce que nous allons faire une marche dans la forêt.

Piper et Prue suivirent leur sœur, traversant des champs en friche, puis passant par-dessus des racines d'arbres qui encombraient le chemin. Elles se retrouvèrent rapidement aux abords de la forêt.

— Chuut ! (Phoebe faisait taire ses sœurs pour la énième fois.) Taisez-vous, les filles, vous avancez avec la discrétion d'un troupeau d'éléphants.

— Si tu savais exactement où il est, je pourrais nous téléporter, dit Prue.

— Téléporter ? répondit Phoebe, surprise. Qu'est-ce que c'est que ça ? Un nouveau pouvoir ? Je dois dire que je suis impressionnée et un peu jalouse.

— Ne le sois pas, dit Prue. Il s'agit juste d'un aspect sordide de ce qui nous attend dans le futur, si nous ne nous débarrassons pas du démon.

— Silence, avertit Piper. Je vois quelque chose à travers les arbres.

Bien que ne pouvant distinguer les visages, elle aperçut un homme assis près du feu de bois. Un autre personnage, revêtu d'une cape sombre à capuche, était debout, agitant fébrilement des bras osseux.

Phoebe s'approcha plus près du foyer et se plaqua derrière un arbre.

— Ce sont eux : Hugh et le démon. Falcroft, c'est le maigre vêtu de noir de la tête aux pieds. Vous verrez pourquoi lorsque nous y parviendrons. Chaque jour est un jour de trop pour cette vieille peau de démon.

Prue indiqua du doigt un groupe de buissons proche du feu.

— Si nous pouvons les atteindre, nous entendrons ce qu'ils disent.

Se tenant courbées, elles avancèrent.

— Comment as-tu pu être un tel imbécile ? cracha le démon à l'attention de Hugh. Phoebe était censée mourir avant que Prudence soit jugée comme sorcière ! Comment as-tu pu commettre une telle erreur ?

— Je ne pensais pas que cela importait, dit-il tout en remuant le feu avec un bâton. Quelle différence ? Je peux tuer Phoebe moi-même.

— Tu as défié mes ordres, gronda le démon.

Tandis qu'il se déplaçait vers Hugh, Piper vit pour la première fois son visage : un grand front ridé, des yeux exorbités et des cicatrices purulentes sur une peau verte et gélatineuse. Elle grimaça de dégoût. Phoebe avait raison ; il était hideux.

Falcroft bondit en avant et souleva Hugh.

— Tu as échoué en tant que démon et je ne peux tolérer l'échec.

La peau de son visage se tendait désormais, révélant deux rangées de dents cassées, putrescentes.

Effrayé, Hugh tenta de reculer, mais les doigts de Falcroft pénétraient la chair de ses bras. Hugh hurla tandis que le sang s'écoulait de ses manches.

— Vous... vous êtes en train de me blesser, haleta-t-il.

Il se tordait et se débattait, sans parvenir à échapper à l'étreinte du démon.

Falcroft esquissa un large sourire sarcastique ; ses dents mordaient presque le visage de Hugh.

— Oh, ce n'est que le commencement !

— Ne pensez-vous pas que nous devrions intervenir ? chuchota Piper à ses sœurs.

Non ! fut la réponse immédiate.

— Si vous ne pouvez pas m'obéir, vous pouvez quand même m'être encore utile, dit le démon. Vous allez me nourrir.

Il saisit l'épaule de Hugh de sa main verte. Ses dents pourrissantes et aiguisées s'enfoncèrent dans le biceps du sorcier.

Hugh laissa échapper un cri d'effroi qui fit battre encore plus le cœur de Piper. Elle savait qu'il était un mauvais sorcier, assez cruel pour causer la mort de Prudence, mais...

Le sang de Hugh se répandit sur le menton du

démon qui le croquait avec voracité. Hugh se débattait, sanglotait, et s'affaiblissait progressivement. Il s'écroula sur les genoux tandis que les dents du démon lui broyaient les os.

— Les filles, je ne suis pas sûre de vouloir continuer à regarder ça, murmura Phoebe en se cachant le visage dans les mains.

Les lèvres verdâtres du démon s'étiraient largement, tandis qu'il ouvrait la bouche. Piper la regarda avec stupeur, jusqu'à ce que ce ne soit plus qu'un large trou béant.

Puis, alors que Hugh poussait un dernier cri d'horreur, le démon lui déchiqueta la tête.

CHAPITRE 18

Prue ferma les yeux, sans parvenir à chasser la terrifiante image du démon en train de dévorer Hugh.

— Aouh ! soupira Piper en se penchant sur Prue, qui lui mit la main sur le dos tandis que les bruits de l'horrible scène se prolongeaient : des bruits de mâchoire et d'os broyés.

Prue ne voulait pas s'approcher du lieu de la scène sanglante. Mais si les sœurs *Charmed* devaient agir, le moment était venu, Falcroft étant totalement absorbé à en finir avec Hugh.

— Phoebe, chuchota-t-elle, as-tu tous les ingrédients pour le sortilège ?

— J'ai tout mis dans un sac. (Elle glissa la main dans sa poche, cherchant à en extraire quelque chose. Finalement, un sac de cuir rugueux en sortit.) Le voilà.

— Bien, dit Prue. Faisons-le.

Piper se tenait la tête inclinée, et gardait les yeux fixés sur le sol.

— C'est dégueulasse, fit-elle d'une voix faible, ça me rend malade.

— Je sais, mais concentre-toi sur le sortilège. Tu te souviens des paroles ? demanda Phoebe.

Piper acquiesça d'un geste de la tête. Phoebe le leur avait récité au moins dix fois sur le chemin qui les avait emmenées ici.

— Prêtes ? (Lorsque Piper et Phoebe lui firent signe que oui, Prue joignit ses bras aux leurs.) Allons-y !

Les trois *Charmed* contournèrent le buisson et s'avancèrent. Prue luttait intérieurement pour ne pas trembler. Elle devait se montrer forte. Ses sœurs comptaient sur elle.

— Souvenez-vous du Pouvoir des Trois, dit-elle, tandis qu'elles progressaient vers la clairière.

Le son de leurs voix alerta le démon qui leva son visage souillé de sang, les fixant de ses yeux globuleux, mais les sœurs continuèrent leur progression.

— Qu'est-ce qui se passe ? Trois de plus pour le dîner ?

— Riez, lança Phoebe. Ce sera bien la dernière fois !

Enfin, elles arrivèrent assez près du feu. Phoebe leva la poche vers le ciel puis la jeta dans le feu.

— L'incantation ! s'exclama Prue. Vite !

Ensemble, les *Charmed* prononcèrent :

Amis de la lumière et sœurs du soleil,
Lune d'hiver et averse d'été,
Renvoie ce démon dans les ténèbres,
Chasse-le, détruis son pouvoir.

Le feu vira soudain du vert au violet puis au bleu lumineux. La peau verte et boutonneuse du démon se gonfla, sur le point d'exploser.

Des étincelles chatoyantes jaillirent du feu et le démon se tordit de douleur.

Prue serra les mains de ses sœurs de plus en plus fort, tandis que les flammes s'élevaient au-dessus de leurs têtes.

— Devons-nous reculer ? demanda Piper.

— Non, lança Prue. Nous devons rester où nous sommes, le Pouvoir des Trois nous libérera.

— Le Pouvoir des Trois nous libérera, reprirent-elles en chœur.

Des flammes rouges, bleues, vertes et violettes jaillirent en prenant la forme d'une main géante. Les sœurs regardaient avec crainte et fascination la main qui sortait de la source du feu et enveloppait Falcroft. Bien que les flammes lèchaient l'air au-dessus de leurs têtes, elles ne sentaient aucune chaleur.

La main géante souleva le démon et le consuma. Son cri déchirant et pathétique fit écho, tandis que le sortilège le tirait en dehors du temps et de l'espace, le projetant dans un abîme éternel.

Puis, tout fut fini. Le feu ramené dorénavant à quelques bûches incandescentes s'éteignit doucement. Les oiseaux survolèrent la clairière. Un écureuil escalada un arbre voisin.

Un sentiment de soulagement s'empara de Prue. La vie continuerait et serait bien plus agréable.

La lignée des sorcières Halliwell pratiquerait

donc la magie blanche, et le monde ne s'en porterait que mieux.

— Terrifiant ! commenta Phoebe.

Renvoyer ce sale démon en enfer lui avait procuré un sentiment de surexcitation.

— Je suis si contente que ce sortilège ait opéré. Pouvons-nous rentrer chez nous ? dit Piper.

— Pas question ! Tu oublies Prudence ?

— C'est un sujet délicat, dit Prue. Nous avons sans doute le pouvoir de la sauver, mais réfléchissez-y. Si nous la sauvons, est-ce que cela ne va pas modifier le futur ? Je veux dire que chacun de nos ancêtres pourrait en être affecté.

Piper se mordit la lèvre d'un air pensif.

— Phoebe, ce qui est arrivé à Prudence marque sans doute le signe de son destin.

— Non, pas question. Je n'accepterai pas cela. De plus, comment pouvez-vous être sûres que nous ne sommes pas là pour la protéger ? argumenta Phoebe. Peut-être est-ce la raison pour laquelle nous avons été envoyées ici, la vraie raison. (Elle s'interrompit, puis reprit :) Il est juste de sauver Prudence. Je le sens de tout mon cœur.

— Est-ce tout ? demanda Piper.

— C'est mon opinion, et peu m'importe que vous ne la partagiez pas. Je vais aller la sauver.

Elle plongea les mains profondément dans les poches de la cape de Prudence et sentit quelque chose de dur et de métallique. Elle l'en sortit. C'était le croissant de lune. Le porte-bonheur en or qui avait appartenu à Melinda Warren, la mère de Prudence.

Phoebe le serra dans sa main, toute surprise de le trouver.

Whooooosh !

Une vision humide et distordue de la lumière traversa son esprit. Tout était flou et vacillait. Elle se trouvait sous l'eau. Non, non, c'était Prudence qui était sous l'eau, se débattant et étouffant. Oh non ! C'était la propre vision de Prudence de la noyade.

Mais lorsque la chaise de bois à laquelle Prudence était attachée fut soulevée, Prudence s'éleva hors de l'eau, haletant et toussant, puis souriant à trois visages familiers.

— Le Pouvoir des Trois ! prononça Phoebe à voix haute.

— Phoebe, tu vas bien ? s'enquit Piper en lui serrant la main.

Lorsque Phoebe leur raconta la vision en détail, ses sœurs semblèrent d'abord déconcertées.

— Grâce au Pouvoir des Trois, nous pouvons changer le cours des choses. Il n'est pas utile que Prudence meure, insista Phoebe. De toute façon, Cassandra grandira et transmettra *Le Livre des Ombres* à ses filles. Mais nous pouvons faire en sorte que cette petite fille vive avec sa maman, et ainsi sauver une personne qui est devenue une si bonne amie. Pouvez-vous me faire confiance, maintenant ?

— Je crois que Phoebe a raison, avança Prue d'un air soucieux. Cela va dans le sens de ce que nous souhaitions faire. Nous ne pouvons partir d'ici sans tenter de sauver Prudence.

— C'est bon, admit Piper. Où est-ce que l'on noie les sorcières, dans cette ville ?

Il ne fut pas difficile de trouver Prudence. La plupart des villageois s'étaient rassemblés près d'un étang situé à mi-chemin entre le cottage de Prudence et le centre du village.

Près de la rive, un homme fabriquait un engin de bois rempli de briques, relié à une chaise.

— Nous n'avons jamais rien vu de tel à Salem avant, disait-il à son voisin. Mais il devrait être efficace pour noyer une sorcière.

Prudence était assise sur la chaise, retenue par d'épais liens, abasourdie, quasi résignée au sort qui lui était réservé.

Elle est probablement en état de choc, pensa Phoebe, tout en tirant sur les rênes du cheval pour arrêter l'attelage.

— Cachons-nous ! Laissons les villageois s'offrir leur noyade de sorcière, parce que lorsqu'ils retireront la chaise de l'eau, ils auront la surprise de leur vie.

L'homme enfonça encore quelques clous.

— C'est fini, dit-il, tout en reculant. Laissons la sorcière rencontrer son destin !

La foule acclama tandis que la chaise où Prudence se trouvait était hissée au-dessus de l'étang. Phoebe, saisie d'angoisse, voyait la tête de Prudence s'enfoncer sous les eaux grises.

Alors, comme prévu, Piper figea le temps.

Les sœurs Halliwell se pressèrent au bord de

l'étang. Prue se pencha au-dessus de l'eau et utilisa ses pouvoirs pour remonter le siège et le poser sur la rive. Une fraction de seconde plus tard, ses mêmes pouvoirs coupaient les cordes, libérant Prudence qui suffoquait et crachotait.

— Oh, soyez bénies, articula-t-elle. C'est vous !

— Oui, j'ai décidé de geler le temps après tout, dit Piper. Peut-être un peu tard...

Alors qu'elle aidait Prudence à se remettre sur pied, Prue lui expliqua comment elles s'étaient débarrassées du démon et comment Phoebe avait eu une vision...

— De vous, en train de sortir de l'eau, précisa celle-ci. J'ai compris qu'il était possible de vous sauver sans intervenir sur l'enchaînement des événements, mais avant que le gel du temps ne se termine, vous devrez être loin d'ici. Allez chercher Cassandra, sauvez-vous de Salem, et n'y revenez jamais.

— Bien sûr. (Prudence grimpa sur le siège de la carriole, tout en mordant ses lèvres et retenant ses larmes.) Pourrai-je jamais vous remercier, toutes les trois ?

— C'est nous qui devrions vous remercier. Vous êtes une sorte de grand-mère pour nous, répondit Phoebe.

— Maintenant, partez, avant que l'on vous voie, ordonna Prue.

Les larmes aux yeux, Prudence descendit l'allée. Les sœurs *Charmed* la suivirent des yeux jusqu'à ce qu'elle atteigne le sommet de la colline et disparaisse.

Prue concentra alors ses pouvoirs sur le siège vide qui s'envola puis retomba dans les eaux de l'étang, juste au moment où l'immobilisation du temps cessait.

Phoebe resta un moment à observer les villageois assoiffés de sang sortir la chaise vide de l'eau.

— La sorcière a disparu ! cria Tête de Cire.

Deux hommes s'avancèrent dans l'eau, fouillant les moindres recoins de la rive, à la recherche du corps de Prudence. Ils ne trouvèrent rien.

— Elle s'est servie de sa magie pour s'échapper, proclama Tête de Cire. N'est-ce pas la preuve que c'était une sorcière ?

Pour une fois, vous avez raison, pensa Phoebe avec satisfaction.

CHAPITRE 19

— Je déteste précipiter les choses, mais nous ferions mieux de rentrer, dit Piper. Nous avons dérobé le pouvoir de se téléporter à des sorciers. Maintenant que nous nous sommes débarrassées de Falcroft, le mal qu'il a créé n'existera plus dans le futur, car nous l'avons détruit.

Phoebe la regarda sans comprendre.

— Que veux-tu dire ?

— On t'expliquera plus tard, intervint Prue. Le fait est que nous devons au plus vite regagner la San Francisco du troisième millénaire tant que nous en avons le pouvoir.

Elles se cachèrent derrière un chêne et formèrent un cercle. Prenant les mains de ses sœurs, Phoebe, ébahie, les vit se plier et se replier encore, jusqu'à devenir microscopiques. Elles explosèrent en un jaillissement de poussière d'étoiles.

La poussière d'étoiles dansa momentanément, puis se rassembla en un carré, qui se déplia progressivement jusqu'à donner une image complète de Piper et de Prue. Phoebe fut émerveillée, lorsque ces images se reformèrent en trois dimensions. Soudain, Piper et Prue se trouvaient debout dans une petite rue de North Beach, juste à un pâté de maisons de l'endroit où elles avaient fait leur shopping, quelque temps auparavant.

— Je n'arrive pas à croire que vous ayez volé les pouvoirs de sorciers, vilaines filles, dit Phoebe, donnant à Piper une tape sur l'épaule.

— Nous n'en sommes vraiment pas très fières, mais en réalité, l'avons-nous fait ou pas ? Je veux dire, maintenant que le démon est parti, *Le Livre des Ombres* n'aura plus ces sortilèges maléfiques, et nous ne serons plus capables d'agir de la même façon.

— Peu importe, fit Phoebe.

C'était une matinée délicieusement ensoleillée et tonifiante qu'elle ne voulait pas passer en supputations diverses.

— Tu sais, rappela Piper à Prue en lui donnant un coup de coude, tu n'as pas encore acheté ces bottes...

— C'était exactement ce à quoi je pensais, lorsque je nous ai téléportées ici, dit-elle tout sourire, et aussi à un éventuel changement de look de Phoebe, qui ressemble vraiment à un pèlerin.

— Moi ? s'étonna Phoebe, en regardant à tour de rôle ses sœurs. Je crois que nous oublions qu'une personne ici a deux yeux noirs, et qu'une autre est habillée comme la reine des Vampires.

— Donc, nous méritons toutes une petite transformation, dit Piper, unissant ses bras à ceux de ses sœurs.

— Merci, les filles, pour tout. Sans vous, je serais morte à Salem, et Prudence aussi. Je suis si heureuse que nous ayons pu la sauver, continua Phoebe.

— Et n'oublions surtout pas comment nous avons banni cet horrible démon vert, rétorqua Piper.

Prue lécha un de ses doigts et le tendit en l'air, comme pour en chercher un invisible.

— Un démon de moins, mais combien d'autres à combattre ?

— Comptez sur moi, dit Phoebe, s'élançant en avant. De plus, vous avez besoin de ma présence pour réaliser le Pouvoir des Trois.

Savoir qu'on ne pouvait se passer d'elle pour quelque chose d'important, ici et maintenant, la réconfortait.

Elle personnifiait bien l'une des *Charmed*, et c'était ce qui lui importait le plus au monde.

Achevé d'imprimer sur les presses de

BUSSIÈRE

GROUPE CPI

à Saint-Amand-Montrond (Cher)
en juillet 2002

FLEUVE NOIR
12, avenue d'Italie
75627 Paris Cedex 13
Tél. : 01-44-16-05-00

— N° d'imp. : 23542. —
Dépôt légal : mai 2001.

Imprimé en France